EL PEQUEÑO

Leo DaVinci

Twitter: @ChristianG_7
Facebook: facebook.com/oficialchristiangalvez
Web: christiangalvez.com

El papel utilizado para la impresión de este libro ha sido fabricado a partir de madera procedente
de bosques y plantaciones gestionadas con los más altos estándares ambientales, garantizando
una explotación de los recursos sostenible con el medio ambiente y beneficiosa para las personas.
Por este motivo, Greenpeace acredita que este libro cumple los requisitos ambientales y sociales
necesarios para ser considerado un libro «amigo de los bosques». El proyecto «Libros amigos
de los bosques» promueve la conservación y el uso sostenible de los bosques,
en especial de los Bosques Primarios, los últimos bosques vírgenes del planeta.

Papel certificado por el Forest Stewardship Council®

Primera edición: febrero de 2015

Printed in Spain – Impreso en España

ISBN: 978-84-204-1797-4
Depósito legal: B-25516-2014

Maquetación: Javier Barbado
Impreso en EGEDSA, Sabadell (Barcelona)

AL 1 7 9 7 4

Penguin
Random House
Grupo Editorial

Leo DaVinci

¡Hola amigos! Me llamo Leo y tengo 8 años. Vivo con mis abuelos en Vinci, Florencia, y me paso el día inventando cosas imprescindibles para la vida de un niño: como la vincicleta o el sacamocos a pedales... Pero mi gran sueño es crear una máquina para volar como los pájaros. ¡Y algún día lo voy a conseguir!

¿Qué es lo mejor de la vida? ¡Jugar con **mis colegas!**

Leo
Soñador, optimista...
Me encantan las historias de misterio ¡y vivir aventuras con mis amigos!

Macaroni
El perro más pasota del mundo. Lo suyo es dormir a pata suelta.

Spaguetto
Cañero, divertido...
¡El único pájaro que habla del mundo!
O eso creo yo...

... mi pandilla

Miguel Ángel

¡Cuidado que muerde! Duro como una piedra y con mal carácter, pero es divertido y mi mejor colega.

Lisa

Mi mejor amiga, la chica más lista de Florencia ¡y queda genial en los cuadros!

Rafa

El más pequeño del grupo. Creativo, un poco detective ¡y con un grupo de rock flipante!

Boti

Ingenuote, aspirante a chef de cocina y gran futbolista. ¡Con él nada es aburrido!

Chiara

Es la *Best Friend Forever* de Lisa, tiene muuucho genio ¡y es la campeona de eructos del cole!

... y todos los demás

Abuela Lucía

¡Mi superabuela! Gran artista y cocinera. ¡Da unos besos espachurrantes!

Profesor Pepperoni

¡Nuestro profe! Se le ponen los bigotes de punta cada vez que la lío parda en clase.

Katy

La bella novia del tío Francesco. Su padre intenta separarlos. Quiere un pretendiente mas ricachón. Menos mal que ahí está Leo para ayudar a su tío pase lo que pase.

Casanova Jr

El niño más repeinado y cursi del planeta, se pasa el día intentando enamorar a las chicas, sobre todo a Lisa, pero ya sabemos por quién late el corazón de Lisa, ¿verdad?

Tío Francesco

¡De mayor quiero ser como él! Experto en deportes, coches y estrellas del cielo.

Machiavelo

¡No te fíes un pelo! Tras su sonrisilla postiza, ¡se esconde una comadreja!

EL MISTERIO DE LAS MÁSCARAS VENECIANAS

Christian Gálvez
Marina G. Torrús

Ilustraciones de **Paul** Urkijo Alijo

ALFAGUARA

1

LA ISLA DEL MONSTRUO

Cayó la noche y, con ella, sus misterios. A bordo de una góndola, mis amigos Miguel Ángel, Lisa, Rafa, Chiara, Spaghetto, Maqui y yo nos adentrábamos en la laguna, el enorme lago de agua dulce y también salada que rodea la ciudad de Venecia. La luna estaba un poco encanijada ese día y apenas nos dejaba ver el horizonte. Aun así, podíamos intuir a lo lejos el pico del Campanile, la torre más alta de Venecia, cuando inesperadamente una isla, que no sé de dónde narices salió, apareció frente a nosotros y, *¡PLAAAAAS!*, nuestra nave encalló en su orilla.

—¿*Ca' pasao?* —pregunté muy enfadado al gondolero, un hombre muy delgaducho con jersey de rayas y el rostro cu-

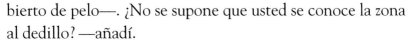
bierto de pelo—. ¿No se supone que usted se conoce la zona al dedillo? —añadí.

—¡Qué desgracia! —contestó—. Esta isla no viene en los mapas, porque no es una isla de vivos sino de...

—¿Fiambres...? —se precipitó a rematar Lisa.

—Exacto —dijo el hombre.

—¡¡Cómo mola!! —soltó Miguel Ángel con su habitual falta de sesos cuando se trata de asuntos de terror.

—Y, entonces, ¿esto de qué va? —inquirió Chiara, mosqueada, plantándose con los brazos en jarras frente al barquero—. ¿De que la isla se aparece cuando quiere?

—No —contestó él—, se aparece cuando quiere su dueño...

—Ah, bueno —dijo Rafa.

—¡Y su dueño es el Monstruo de la Laguna!

—¡Aaaaaaaaah! —gritamos todos, dando un salto atrás; porque, oye, yo no sé qué tiene la palabra «monstruo», que es oírla y a todos nos da un telele.

—Si nos hubiéramos quedado en Vinci, representando mi obra de teatro *La mandrágora*, no nos pasarían estas cosas... —sentenció con rabia Maqui.

—A este, ni caso —me pajareó al oído Spaghetto.

—Oiga —preguntó intrigado Boti—, ¿y a qué se dedica ese monstruo? ¿Tiene algún *hobby?*

—Así es: devorar a los que se adentran en su isla.

—¡Aaaaaaaah!—volvimos a gritar todos; porque, francamente, no mola que te devoren.

—El monstruo está hecho de barro, algas y pensamientos tristes —relató el barquero—. Aparece cuando menos te lo esperas y salta sobre los marineros que navegan solos en la noche. Los presos más malotes de Venecia son abandonados en esta isla al anochecer y, al día siguiente, ya no están. Y siempre se escucha a lo lejos el mismo sonido...

—¿Un aullido de terror? —pregunté.

—No, un eructo —contestó—. Al monstruo le cuesta hacer la digestión.

—Bueno —le dije—, y, con este panorama, ¿qué podemos hacer?

—Huir —respondió—. ¡Pero ya es tarde! ¡Mirad esos cuervos!

Y nuestra mirada se disparó como una flecha hacia la maleza, donde había unos pájaros enormes, de larguísimo pico blanco y brillante plumaje negro, señalándome con sus alas.

—¡Son sus asistentes personales! Y, si están aquí, es porque el monstruo está muy cerca —exclamó desgarrado el barquero.

—Chicos, podemos hacer muchas cosas —comenté—, pero la más sensata me parece que es... ¡correr!

Y salimos a la velocidad de un gamo con patines. Pero, al cabo de unos metros, el barro de la isla se volvió cada vez más y más denso. Costaba muchísimo levantar los pies, que se hundían en el lodo oscuro y gris.

—¡No puedo avanzar! —gritó Lisa.

—¡Yo tampoco! —clamaron a la vez Miguel Ángel, Rafa, Boti, Maqui, Chiara y Spaghetto.

—¡Tranquilos, lo conseguiremos! —contesté.

—¡No lo haremos! —añadió siniestramente el barquero—. ¡El Monstruo de la Laguna nos ha atrapado los pies!

De golpe, sentí una terrible fuerza que me tiraba del queso derecho y...

—¡Vamos, lelo, que ya hemos llegado a Venecia! —gritó Chiara.

Y desperté.

¡Gracias a Dios, era una pesadilla! En otras circunstancias me habría mosqueado que me llamaran «lelo», pero, en esta ocasión, me sonó a música celestial.

Y celestial fue nuestra llegada a Venecia. ¡Naaada que ver con el horrible lugar de mi pesadilla! Era una isla luminosa de color azul, con agua clara que brillaba bajo un sol radiante.

¿Que qué hacíamos nosotros en Venecia? Pues veréis, todo empezó en Vinci, en mi cole, por una declaración de amor.

2

¡Y EL GANADOR ES...!

Se acercaba el carnaval: ya sabéis, ese fiestón donde la gente se disfraza de cosas que no son, pero que quizá les gustaría ser. Pues bien, como cada año, las autoridades venecianas premiaban a la mejor compañía de teatro juvenil de Italia, llevándola a su ciudad para actuar ante el Dux, o sea, el superjefazo de Venecia.

¡Y yo estaba dispuesto incluso a vender la mejor pizza de mi abuela por conseguirlo!

Era el día de la gran actuación y yo me había puesto las pilas: me había currado una historia *superinteresting* y cosido unos disfraces hipermegachulos, pero, sobre todo, me había empleado a fondo en «los efectos especiales». Por eso, había subido a Miguel Ángel, vestido de arlequín, al techo del teatro.

—¡Que me la pegooo! —decía mi amigo.

—¡Tranqui, amigo, que yo te sujeto! —le contestaba el menda.

A mi señal, Marmoleitor tenía que accionar la *vincitor-menta:* una caja capaz de recrear eso, una tormenta, con sus rayos, sus truenos, su lluvia... y hasta con su resfriado posterior. ¡Iba a ser la caña!

El salón de actos del cole estaba lleno de gente. Había ido todo Vinci, pero mi profe, don Pepperoni, solo tenía ojos para una persona: don Giovanni, el enviado calvorota y regordete del Dux de Venecia.

—Recuérdeme —me dijo el profe, con un tic en el ojo y un tembleque en la mano— por qué he elegido para participar en el concurso la obra de un chalado como usted y no la de un alumno modélico y conservador como Maqui.

—Porque —contesté, chulito, llevándome las manos hacia atrás y sacando pecho — ...¿se ha propuesto ganar y sabe que soy su única posibilidad?

—¡Y un jamón! —gritó Maqui, saltando desde detrás del telón—. Leonardo da Vinci, tu obra es una lavativa —me dijo, llenándome de salivajos. Después, se volvió zalamero hacia el profe y empezó a peinarle los bigotes mientras le decía—: Querido profesor, no sé qué tipo de soponcio mental le ha dado para decidirse por Leonardo, peeero todavía estamos a tiempo de quitarle del escenario y representar mi maravillosa obra, *La mandrágora*, en la que hay una hierba mágica que...

—¡Tu «mandrágora» es un tostón! —le dijo Chiara, señalándole con el dedo, disfrazada de criada Colombina—. Así que ahueca el ala y déjanos actuar. ¿Lo pillas?

Y... TA-TA-TACHÁÁÁÁÁÁN. Empezó el espectáculo.

Rafa, que hacía de presentador, se situó en medio del escenario, delante de una gran cortina de terciopelo rojo, como una estrella de rock:

—¡Bienvenidos a la gran comedia de Leonardo da Vinci, la obra cumbre del Renacimiento! —dijo Rafa, pegando un rasgueo de laúd flipante.

—*Psssttt* —le susurré desde bambalinas—, igual te has *pasao* tres pueblos.

—Tú deja, que esto es *marketing* —me contestó Rafa. Y siguió con su presentación—. ¡Con ustedes, la obra titulada *La boda de Lisa*! Si les gusta, al terminar vendemos camisetas. Gracias.

Y salió del escenario de un salto, acompañado de un nuevo rasgueo de laúd, mientras el telón se corría para comenzar la obra. El decorado simulaba la salita de estar de un lujoso palacete, donde un anciano y avaro padre irrumpía en la estancia mientras su hija estaba tejiendo una larguísima y espantosa bufanda junto a la ventana.

—Hija mía —dijo Boti, disfrazado de viejales Pantaleón, con traje rojo, capa gris y máscara de nariz puntiaguda—, tengo que darte una gran noticia...

—¿Van a venir a actuar los Auryn, padre? —respondió Lisa, que hacía el papel de «enamorada», muy guapilla y tal, visiblemente entusiasmada.

—Va a ser que no —respondió Boti-Pantaleón—. ¡Te he buscado novio!

—¿Qué? —exclamó Lisa, tirando la bufanda por los aires—.
¡Y con quién habéis concertado mi boda?

—Con un chico majísimo: don Paturrini.

—¡Pero don Paturrini tiene ciento tres años! —protestó
Lisa.

—No, como mucho, ciento dos —contestó Boti-Pantaleón—. Lo único es que va con andador y solo tiene tres
dientes... ¡Pero tiene mucha pasta! ¡Ya verás como, cuando
lo veas, te vas a enamorar de él!

—¡Oh, nooo! —gritó Lisa, poniendo una cara que parecía
que le estaban dando retortijones de barriga de lo buena ac-
triz que era.

—Y ahora —dijo Boti-Pantaleón—, me voy a preparar la
boda. *Bye, bye* —y se marchó.

En ese momento, entró en escena Chiara, es decir, la criada
Colombina, que lo había oído todo, y se dirigió a Lisa:

—¡Oh, pobre señora...! —exclamó.

—Ya te digo, Rodrigo —respondió Lisa—. Esta noticia
trae la tormenta a mi pobre corazón.

¡Y esa era la señal! Al oír la palabra «tormenta», Miguel
Ángel, subido al techo, accionó el aparato y... BRRROOOUM,
BRRROOOUM. Los rayos y truenos de mi invento aparecieron
como por arte de magia desde el techo del teatro, mientras

una fina capa de lluvia empezaba a mojar a los asistentes, que se pusieron a aplaudir felices y sorprendidos.

—¡Oh, pero qué original! —le dijo don Giovanni a don Pepperoni.

—Bah, no es nada —contestó con falsa modestia mi profe—. Se me ha ocurrido a mí.

¡Mentira cochina! Pero, en fin, la función continuó :

—Cáspita, señora —dijo entonces Chiara-Colombina a Lisa—, ¡cuán triste futuro le espera! Con lo enamorada que está usted de su novio secreto, don Teo.

—¿Qué haré ahora con mi amor —exclamo Lisa—, mi único amor, mi verdadero amor, don Leo?

—¿Cóóóóóómo? —preguntó todo el mundo a la vez.

—¡Lisa, tía, que has dicho «Leo» en vez de «Teo»! —exclamó Chiara.

—No, no, no, no... —se apresuró a negar Lisa.

—Sí, sí, sí, sí, sí... —le respondió todo el mundo—. ¡Ha dicho Leo!

Y, *clinc, clanc, clonc*, alguna neurona debió de romperse en mi cerebro, que cortó la conexión con mi brazo, y, *¡plas!*, solté sin querer la cuerda que sujetaba a Miguel Ángel al techo... ¡haciendo que se precipitara sobre la cocorota de don Pepperoni! Resultado: un chichón tamaño asteroide. O sea, *mu* grande.

—¡Leonardo da Vinci —gritó don Pepperoni—, suspendido a perpetuidaaad! —y perdió el conocimiento. Si es que alguna vez lo tuvo.

Pero la cosa no acabó ahí. Con los nervios, activé sin querer un gran invento sorpresa que tenía previsto para el final del primer acto: la *ametrallaflora*. Y, de repente, la máquina empezó a disparar rosas, gladiolos, margaritas, claveles y todo de tipo de flores a la gente.

Yo solo podía mirar hacia las puertas, a ver cuál estaba más cerca para salir corriendo, cuando, de repente, vi algo asombroso: ¡los espectadores reían contentos! Les había molado lo de la caída de Miguel Ángel, y estaban entusiasmados con la máquina que les disparaba flores. Así que don Giovanni, el enviado del Dux, se acercó a mí, me puso la mano en el hombro y me dijo:

—Joven, le felicito. ¡Ustedes irán a actuar a Venecia!

¡Sííí! ¡Lo habíamos conseguido!

Y, en cero coma tres segundos, estábamos Lisa, Chiara, Boti, Rafa, Miguel Ángel, mi pájaro Spaghetto y yo montados en el carro de mi tío Francesco, dispuestos a salir para Venecia. A don Pepperoni le hubiera gustado venir, ¡nos ha fastidiado!, pero el doctor le dijo que con ese chichón no era conveniente. Así que fuimos con nuestro tío quien, además, tenía allí a su novia Katy Médici.

—Oye —me dijo Lisa, quitando importancia al asunto—, que lo de equivocarme con tu nombre ha sido eso, una equivocación...

—Claro, claro —le solté—. Jamás de los jamases se me habría ocurrido pensar otra cosa. ¡Je, je, je! —apostillé, con risilla nerviosa.

Y, justo antes de partir a nuestro viaje, ocurrió algo tremendo. De repente, sentí una presencia, miré a mi espalda y los vi. Agazapados entre las sombras estaban los tres siniestros y enormes cuervos, de largo pico blanco y traje negro, de mi pesadilla, mirándome.

—¡Lisa! —le grité—. ¡Mira allí!

Pero, para cuando mi amiga giró la cabeza, los cuervos ya se habían ido.

—¿Pasa algo, Leo? —me preguntó mi tío.

—No, nada —le contesté. Pero mi olfato de sabueso me decía que la historia con esos espeluznantes bichos no había hecho más que comenzar.

¡QUÉ CHULA ES VENECIA!

Mi primera imagen de Venecia fue tan alucinante que la guardaré para siempre en la patatilla de mi corazón. Era la primera hora de la mañana y, aunque hacía un frío talla XXL, porque estábamos en febrero, el sol brillaba a lo bestia iluminando las olas, las calles y los tropecientos mil palacetes de una ciudad mágica, donde las calles (atentos) ¡¡son de agua!! ¡Que sí, que sí, que no es broma!

El gondolero, un chaval majete (nada que ver con el siniestro y peludo barquero de mi pesadilla) nos llevó justo al embarcadero de San Marcos, el más importante y céntrico de Venecia. La bajada fue un poco chunga, porque la *ametralla-flora* pesaba lo suyo y casi nos caemos al agua. Pero, cuando

pudimos poner un pie en el suelo, ¡guau! ¡Aquello era impresionante! Estábamos en el centro de una plaza enooorme, rodeados de palomas, puestos de regalitos ambulantes, vendedores de pizza, vendedores de ovejas... ¡¡Y lo más guay era que allí todo el mundo iba disfrazado!! Unos iban de sol, otros de luna, de estrellas, de príncipes, de lobos, de morcillas de Burgos... ¡¡Y todos reían, pasándoselo fenomenal!!

—¿Qué es ese edificio con cinco pelotas de fútbol enormes y plateadas en el techo? —preguntó Miguel Ángel.

—La catedral de San Marcos —le contestó mi tío, que se conocía Venecia al dedillo.

—¿Y esa torre con forma de cohete? —preguntó Boti.

—El Campanile —contestó Rafa—. ¿A que sí? Lo sé porque, en su interior, están las campanas que marcan las horas en Venecia.

—Qué listillo... —añadió despectiva Chiara—. Pero ¿a que no sabéis qué se esconde tras ese edificio, lleno de arcos oscuros, que da a la orilla del canal? ¡Son las terriiibles cárceles del Palacio Ducal de Venecia! —susurró, metiéndonos bastante miedo—. Algunas son diminutas y asfixiantes, como el interior de un volcán; otras son enormes, pero más frías que un polo de menta...

—¡*Glups!* —me pajareó Spaghetto—. Se me ponen las plumas de punta.

—Pero, lo peor —siguió diciendo siniestra—, es que ninguno de los que entra puede salir.

—Guay, Chiara, gracias por la información —dijo mi tío, cortándole, porque estaba poniéndose francamente pesada—. Procuraremos no acercarnos por allí.

—Y ahora, chicos —les dije—, ¡¡rumbo al hotel!!

Y, con la *ametrallaflora* al hombro, nos fuimos los siete caminando por la orilla del canal, sorteando las riadas de gente disfrazada, hasta llegar a nuestro destino.

—*Benvenuti all'ostello Londrini Palazzini!* —nos dijo el recepcionista, un tipo muy simpático y mayorcete con levita verde.

—Gracias —le contesté.

Entonces, oímos una voz a nuestra espalda:

—¡Hooola, chiiicos!

—¿Katy? —preguntó, o mejor dicho, afirmó el tío Francesco.

Y sí, allí estaba la novia de mi tío, toda refulgente, disfrazada de princesa con un vestido azul bordado en oro y una máscara gatuna en la mano, esperando a mi tío.

—*Amore mio!!* —exclamaron a la vez, abrazándose, en una escena un poco pastelosa y merengue.

—¡Qué guapa es! —dijeron Miguel Ángel, Boti, Rafa, y Spaghetto mientras miraban a Katy babeando.

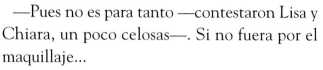

—Pues no es para tanto —contestaron Lisa y Chiara, un poco celosas—. Si no fuera por el maquillaje...

—Me alegro mucho de veros a todos —añadió Katy.

—Nosotros también —repitieron los chicos del grupo, más atontados aún que antes.

—¡Vamos, Francesco —dijo Katy—, tenemos que ir a comprarte una máscara! ¡No puedes estar sin ella en el carnaval!

—Sí, cariño, ¡pero no puedo dejar solos a los chicos! —contestó mi tío.

—Tienes razón. Sin embargo, solo serán unos minutos. Volveremos muy pronto —explicó Katy.

—Tranqui —le dije a mi tío—, te prometo que no la liaremos parda ni saldremos del hotel hasta que vuelvas, ¿ok?

Y al pobre no le dio tiempo ni a contestar porque, cuando se quiso dar cuenta, ¡ya estaba en la calle!¡Ah!, *l'amore*...

Entonces, sentí el mismo escalofrío de antes en el cogote. ¡No!, deseé con todas mis fuerzas. *Que no sean ellos*. Pero, al volver la cabeza, les encontré frente a mí.

—¡Aaah! —grité—. ¡¡Los cuervos!! ¡¡Han venido para llevarnos con el Monstruo de la Laguna!!

—Que no, Leo —aclaró Lisa, agarrándome de la mano—, que son tres tipos disfrazados. ¿No lo ves? Llevan una máscara de enorme pico blanco y una capa negra brillante que se asemeja a las plumas. Pero son personas normales.

—No te fíes —me pajareó Spaghetto—. Estos tipos me dan yuyu.

—A mí también —le contesté, recordando mi pesadilla—, a mí también...

Entonces, los tres hombres-cuervo, sin mediar palabra, me entregaron un papel:

Estimado señor Leonardo da Vinci:
La Organización del Carnaval de Venecia se complace en invitarle a inscribirse para la actuación ante el Dux en la vía del

Sustino número 333. No olvide traer su ametralaflora *para que la guardemos convenientemente. Si no lo hace ahora mismo, perderá la oportunidad de representar su obra de teatro.*
Gracias.

Y, cuando levantamos la cabeza del papel para pedir explicaciones, los pajarracos ya se habían esfumado y solo quedaban tres plumas flotando en el aire.

—Mmm... —dijo de repente el recepcionista—. Si me permiten una observación, la vía del Sustino es poco recomendable. Está a las afueras de Venecia, habitada por gente de dudosa honradez. Qué raro que la Organización del Carnaval les haya enviado allí...

—¡Pues yo no me vuelvo a Vinci sin actuar! —contestó el cenutrio de Miguel Ángel—. Así que... ¡andando!

—Pero mi tío Francesco nos dijo que no nos fuéramos sin él —les recordé.

—*Uyuyuy...* —soltó de repente Maqui, abriéndose paso entre mis amigos—. ¿Qué es esto que huelo, Leonardo? ¿Es el aroma del miedo?

¡¡Un momento!! ¿Qué hacía Maquiavelo en Venecia?

—Me ha enviado el profesor Pepperoni para ayudaros con vuestra deleznable obra de teatro —contestó fingiendo una sonrisa.

—¿Pero cuánto tiempo llevas aquí? —quiso saber Lisa.

—El suficiente para, ejem... —dijo carraspeando de un modo extraño— para confirmar que, como suponía, Leo no es demasiado valiente.

—¡Cuidadito, chaval, que me ofendes! —le dije. E hice una cosa que no se debe hacer: entrar al trapo—. ¡Pillad la *ametrallaflora*, que nos vamos! —les grité.

—¡Pero, Leo! —me dijo Lisa—. ¡Tú sabes que esto no es muy prudente!

Y no lo era, pero no podíamos quedarnos sin la oportunidad de actuar.

¡Y a mí nadie me llama cobarde!

POR CALLEJUELAS
MISTERIOSAS

Treinta y siete. Sí. Treinta y siete eran las veces que habíamos
pasado por el mismo puente veneciano buscando la dirección
que nos habían dado los hombres-cuervo. Intentábamos seguir el mapa que había comprado la previsora de Lisa. Fuimos calle *pa' arriba*, y casi nos caemos al canal; luego, calle
pa' abajo y nos dimos de narices con un callejón sin salida;
después, calle *pa' la derecha* y nos cayó un tiesto (con flores
y todo) en la cabeza. Por último, pasamos por una calle tan
estrecha que hubo que meter a Boti a presión para que le en-
trara la barriga. ¡Y, todo esto, con la *ametralladora* a hombros,
que pesaba un rato! Pues daba igual lo que hiciéramos, ¡siempre acabábamos en el mismo puente!

—Hay que admitirlo —dijo Spaghetto—, estamos más perdidos que un pulpo en un garaje.

—¿Y si preguntamos a alguien? —indicó Chiara.

—¡Qué va, qué va! —dijimos los chicos al unísono—. ¡No hace falta! —porque ya se sabe que a los chicos no nos gusta preguntar direcciones.

—Venga, Leo, no seas petardo —añadió Lisa—. Mira, se escuchan pasos, preguntemos al primero que aparezca.

Pero quienes aparecieron fueron tres figuras negras, con la cabeza gacha, que se situaron frente a nosotros. Y, de nuevo, un escalofrío me recorrió el gaznate.

—Lisa —le dije, sudoroso y pálido—, creo que no es buena idea preguntarles.

¡Eran los hombres-cuervo! Y, al instante, dieron un salto que casi parecía un vuelo. Uno de ellos se puso delante de nosotros, otro detrás y el tercero se subió a la *ametrallaflora*, desafiante.

—A ver, pollos locos —soltó Miguel Ángel—, no entendemos nada. Nos dais una dirección para que vayamos a toda velocidad, y ahora aparecéis en medio del camino poniéndoos chulitos.

—Que no, Marmoleitor —le susurró Rafa—, que nos han tomado el pelo, que es una trampa.

—¡¡Una trampa!! —gritó Miguel Ángel, enfadado—. ¡No fastidies! ¿Y para qué?

—Está muy claro qué es lo que quieren —sentenció fríamente Maqui.

—Nuestra *ametrallaflora* —contesté, sin titubear.

¡Mecachis! Tenía que haberme dado cuenta antes... Bueno, y haber esperado al tío Francesco como me pidió. Pero no se puede echar el tiempo atrás, al menos hasta que se me ocurra uno de mis inventos. Así que intenté dialogar:

—Oíd, pajarracos, ¿podemos arreglar esto civilizadamente?

Tururú. El que estaba delante de mí sacudió su larguísima capa como si fuera un látigo sobre Chiara, Boti y Maqui y los tiró al suelo.

—¡*Auuu*! —se quejaron los pobres.

Después, el hombre-cuervo que estaba detrás nos arreó con su capa a los que quedábamos en pie, lanzándonos al canal.

Pero la suerte estaba de nuestro lado y...

¡*Toc*!, sonó nuestra caída.

—¡*Toc*? —pregunté, sin querer abrir los ojos—. ¿¿No debería haber sonado *chof*, como corresponde al sonido del agua??

—¡Es que no estamos en el agua, alcachofo, estamos en una góndola! —dijeron a la vez Lisa, Miguel Ángel, Spaghetto y Rafa, felices por haberse librado del chapuzón.

Hay que fastidiarse. Resulta que, justo cuando caíamos del puente, pasaba por debajo la góndola de Katy Médici, la novia de mi tío Francesco, que andaba como loca buscándonos por la ciudad, llorando desconsoladamente:

—¡Babababababa bibibooo! —sollozó Katy.

—¿Cómooo? —le dijimos, sin entender nada.

—¡Que se han llevado a la cárcel a vuestro tío!

—¿Pero quién? ¿Cuándo? ¿Dónde? ¿Cómo? ¿Por qué? —pregunté.

—Han sido los Señores de la Noche —respondió angustiada Katy—, el cuerpo de policía más terrorífico de Venecia. ¡Os daré detalles por el camino, pero ahora tenemos que llegar a tiempo al juicio, o lo perderemos para siempre!

Blinc-blinc-blinc, mi mente entró en cortocircuito. Lo más importante era salvar a mi tío. ¡Pero también quería rescatar mi *ametrallaflora* de las garras de los hombres-cuervo!

Entonces, Chiara me dio la solución:

—¡Leo, dividámonos en dos grupos! ¡Tú ve a ayudar a tu tío, que yo me encargo de recuperar tu invento!

Y, para corroborar sus palabras, mi amiga agarró el enorme remo de una góndola abandonada y, al grito de:

—¡Pajarracooooos, cuando os coja os voy a desplumaaaaaar! —salió corriendo detrás de ellos, secundada por Spaghetto, Boti y Maqui.

—Confía en Chiara —dijo Lisa, poniéndome la mano en el hombro con su mirada dulce y enigmática.

Y lo hice. Después, mis amigos y yo le dimos caña a la góndola, pues teníamos que cumplir una de las misiones más importantes de nuestra vida: salvar al tío Francesco de la cárcel.

LA TERRIBLE PRISIÓN
DE VENECIA

—¿Que acusan a mi tío Francesco de haber robado una oveja? —grité, sin poder creer lo que escuchaba, con una boca tan abierta que se podía ver mi campanilla, mi estómago y hasta la parte interior de mis calcetines.

—¡Sí, señor, con premeditación y alevosía! —añadió un policía de la temida guardia de los Señores de la Noche, tan grande como un oso y cubierto con una capa verde y viscosa que le daba aspecto de serpiente.

—¿Y para qué quería una oveja? —preguntó Miguel Ángel.

—¿Tú estás *empanao* o qué? —le soltó Lisa.

—¡Es imposible que el tío Francesco haya robado nada a nadie! —añadió Rafa.

—¡Sileeencio en la sala! —nos ordenaron.

Os sitúo. Lisa, Miguel Ángel, Rafa y yo estábamos en la sala de juicios del Palacio Ducal, un lugar lleno de cuadros de señores feos, con paredes y suelos de madera de ébano. A la izquierda, y sentados en un banco, estaban mi tío y otro joven acusado, de apellido Casanova, que parecía estar más preocupado por guiñar el ojo a las chicas de la sala que de su futuro en prisión. En el centro estaba el juez, un señor bajito con una toga negra y una enorme peluca blanca llena de rizos que se le movía constantemente, dejando ver el pelado melón que tenía por cabeza; y, a la derecha, estaba el supuesto abogado defensor de los acusados, también con peluca; y digo supuesto porque estaba dormido, mejor dicho, roncando en plan marmota. Y claro, en vista de su incompetencia, agarré su peluca e intenté hacer yo de abogado.

—¿Y cómo están tan seguros de que ha sido mi tío, digo, don Francesco da Vinci? —pregunté.

—¡Por la Boca de León, por supuesto!

—me respondió el Señor de la Noche, en un tonillo que me trataba de tonto del bote.

—No sabes lo que es, ¿verdad? —me preguntó, en voz baja, un chaval muy cursi y repeinado que llevaba un rato sentado a mi lado.

—Ni *flowers* —le contesté.

—Verás —me explicó—, las bocas de león son unos buzones, con esa misma forma, que hay en los muros del Palacio Ducal, donde cualquiera puede meter una carta acusando a otro de lo que le dé la gana.

—¿Qué dices? ¿¿Sin pruebas ni *na'*?? —pregunté, en un tono de voz más alto del que yo habría querido, de forma que me oyó el mostrenco del Señor de la Noche.

—¡Por supuesto que tenemos pruebas, jovencito! El papel de la acusación decía que el ladrón de la oveja usó la misma máscara de perro que llevaba su tío en el momento de la detención —alegó.

—¡Pero seguro que hay más máscaras como la mía! —dijo furioso mi tío, levantándose del asiento.

—¡Pero nosotros solo hemos encontrado la suya! Así que, señor Juez, el veredicto por mi parte es: ¡culpable! ¿Qué tiene que decir el abogado defensor?

—*Jrrrrrrrr, jrrrrrr, jrrr…* —roncó el abogado.

—En ese caso, declaro a don Francesco da Vinci: ¡¡culpable!!

—¡Nooo! —gritó Katy, al borde del ataque de nervios.

—Y al cursi que está a su lado —dijo el juez, refiriéndose a Casanova—, ¡culpable también, por despistar con galanterías a la pastora para que el otro pudiera robar la oveja!

—¡Que no, excelentísimo y reverendísimo Juez! —gritó Casanova—. ¡Que yo no conozco de nada a este tal Francesco! ¡Y, al final, ni siquiera pude ligarme a la pastora!

—¡Tranquilo, hermano, yo te ayudaré! —le gritó el chaval que estaba junto a mí.

¡Claro! ¡Era su hermano! ¿Cómo no me había dado cuenta antes? Si eran como dos gotas de agua: igual de horteras, igual de cursis... ¡E igual de ligones porque, en cuanto me descuidé...!

—Tranquila, bella dama —le dijo el muy caradura a Lisa, cogiéndole de la mano—, yo os ayudaré en todo lo que pueda.

—Quieto, chaval —le dije a Casanova Jr. mientras le apartaba de mi amiga—. Que a quien hay que ayudar es a mí...

—Oh, ¡por supuesto que sí! —exclamó entonces el notas, abrazándome—. ¡Sintámonos hermanos en esta causa común y luchemos juntos por liberar de la injusticia a nuestros familiares!

—Pasa de este, que es un liante —me dijo Rafa al oído.

—Mira, Casanova, gracias pero ya me apaño yo solito —añadí, soltándome de su abrazo.

—¡Adiós para siempre, chicos! ¡Adiós, Katy! —gritó mi tío mientras se lo llevaban los carceleros.

—¡Ni de churro! —bramé, corriendo detrás de él—. ¡Tiene que haber una forma de demostrar tu inocencia!

Y, de golpe, lo vi claro. ¡El verdadero culpable debió de comprarle la máscara al mismo vendedor que mi tío! Esa era la pista por donde había que empezar a buscar. Así que chillé:

—¡¡Tíooo!! ¿Dónde compraste la máscara?

Pero era demasiado tarde; la tremenda puerta que conducía a las prisiones se cerró frente a mi nariz.

—¡Oh, no! ¡Ya no podremos volver a hablar! —dije, ahogado de dolor.

—Puede que yo sepa una forma, puesto que conozco bien Venecia —añadió intrigante Casanova Jr.—, peeero como prefieres «apañarte tu solito»...

—Leo —me dijo entonces Miguel Ángel—, este tío es un *pesao*, pero es nuestra única oportunidad.

Mi amigo tenía razón, así que me quité la peluca blanca de abogado defensor, me rasqué la cabeza y...

—A ver, Casanova, este es el trato: nos ayudamos a liberar a nuestros familiares y, luego, cada uno por su camino, ¿vale?

—Vale —contestó, y su rostro adoptó la expresión de un suricato en alerta. Nos hizo una señal con la mano para que formáramos un corrillo a su alrededor y explicó lo siguiente—: Todavía hay una oportunidad de hablar con ellos, si somos capaces de correr tan rápido como el viento.

Y como el viento corrimos, siguiendo a Casanova Jr. por los enmarañados pasillos del Palacio Ducal, hasta que salimos por una puerta que daba a...

—¡¡La calle??

—Sí, la calle —contestó el chaval.

—A ver —le dije, muy enfadado—, que el objetivo es entrar en las prisiones, ¡¡no salir de ellas!!

—Hombres de poca fe... —suspiró Casanova Jr.—. ¡Callaos y seguidme! —y lo dijo con tanta convicción que salimos tras él trotando hacia la izquierda y, nada más llegar al canal que había pegado al edificio, señaló a lo lejos con su dedo, asquerosamente limpio, mientras decía solemne—: Ahí lo tenéis: el Puente de los Suspiros.

Vale. Sí. Era un puente. Muy chulo.

—¿Y?

—Pues que por ese puente pasan todos los presos antes de ir a las celdas «suspirando», de ahí el nombre. Tiene forma de máscara veneciana y, como está adornado con agujeros, a través de ellos es posible hablar a voces con los detenidos. ¡Pero solo podremos hacerlo durante los pocos segundos que les dure el trayecto!

¡Genial! Tenía que reconocer que el Casaboba este había tenido una buena idea. Así que saqué mis *vincimáticos* para ver a mi tío cuando pasara y, en el momento en el que lo localicé, me puse a gritar con toda la fuerza que pude:

—¡¡¡Tío, te vamos a ayudar, pero necesito saber dónde compraste la máscara!!!

—¡En los *nnn* de la *ndhhnemia!* —contestó.

—¿Ha dicho que tiene anemia? —pregunté.

—¡Nooo! —corrigió Casanova Jr.—. Ha dicho: «En los puestos de la Academia».

—¡Ah, sí, la Academia! —contesté—. Me han hablado de ese lugar. Allí están los pintores, aprendiendo Bellas Artes. ¡Pues vamos allá!

Y me lancé, dispuesto a correr, hasta que Lisa me agarró de la ropa y me dijo:

—A ver, merlucillo, ¿tú sabes dónde está la Academia esa?

Vale. No tenía ni idea. El petardo de Casanova Jr. sí, claro está. Así que nos sonrió mientras se ponía delante de nosotros y, muy chulito, dijo:

—¡Seguidme!

6

UN CHAVAL LLAMADO TIZIANO

—*Tutti al barcoretto!* —dijo el enclenque remero de una enorme nave.

—Queridísimos amigos... y bella señorita —exclamó Casanova, poniendo ojitos a Lisa a la vez que señalaba la barca—, este es el transporte colectivo en el que nos movemos los venecianos, el cual se va deteniendo en los lugares principales de la ciudad y, bueno, resulta mucho más económico que alquilar una góndola particular, que estamos en crisis.

—Ya —le dije un poco cortante—. ¿Y subimos por la patilla?

—¡Ni pensarlo! —contestó, moviendo exageradamente la cabeza—. Hay que pagar un tique. Lo único es que hoy no llevo suelto... ¿Seríais tan amables de pagarlo por mí?

Y se confirmó la sospecha: Casanova era un jeta. Pero gracias a él llegamos a la Academia.

Katy no vino con nosotros. Entre llantos y sorbidas de moco pude entender que iba a pedir ayuda a su padre para que liberasen a mi tío. No me convenció la idea, puesto que sabía el poco cariño que su padre le tenía al tío Francesco. Pero tampoco podía decirle que no lo hiciera.

—¡Puente de la Academia! —gritó de nuevo el remero famélico. En pocos minutos habíamos llegado a nuestro destino. Como abejillas que van y vienen del panal, con una ruta precisa que solo ellas conocen, un montón de jóvenes artistas cargados con sus maletines de pintura caminaban por las calles del lugar. Muchos de ellos pintaban al aire libre y vendían sus obras en pequeños puestos ambulantes. *Ojalá algún día yo pinte como ellos*, pensé.

Y, de repente, se escuchó un gran jaleo. ¿Un accidente? No, sonaba más bien a pelea; y, al fondo, pude distinguir una voz conocida. Salimos corriendo a su encuentro y, al doblar una esquina, en medio de una pequeña plaza, encontramos a Chiara y Boti, batiéndose con remos como si fueran espadas, con dos de los pajarracos siniestros; el pusilánime de Maqui se tapaba los ojos, asustado, y el valiente Spaghetto lanzaba perdigones con su pico para alejar de la *ametrallaflora* al tercero de los hombres-cuervo.

—¡¡¡Melonaaacos!!! ¡¡¡Largaos de aquí si no queréis que os dejemos sin pescuezo!!! —gritó Chiara.

—¡Así se hace, colega! —exclamó Lisa.

—¡*Glups*! —dijo Casanova, tragando saliva— ¿Esa dama tan brava es amiga vuestra?

—Sí —contestó Lisa—, en mi pueblo somos todas iguales. ¿A que mola?

—Oh, sí —dijo Casanova Jr., asustado—. Mola, mola...

—¡Chicos, estamos con vosotros! —vociferamos Lisa, Miguel Ángel, Rafa y yo, dejando claro a los malvados que veníamos a echarles una mano a nuestros compañeros.

Surtió efecto. Al vernos, los pajarruchos retrocedieron. Era el momento de recuperar nuestro invento, así que Boti fue galopando a por la *ametrallaflora* y Maqui lo acompañó para ayudarle a levantarla.

Vaya, pensé, *por fin el ratilla de Maquiavelo va a hacer algo bueno.*

—¡*Auuuuuu*! ¡Mi pie! —gritó de repente Boti.

Vale. Olvidad lo que he dicho. Maqui nunca hace nada bueno. De hecho, acababa de dejar caer la *ametrallaflora* sobre el pie izquierdo de Botticelli.

—¡Oh, cuánto lo lamento! ¡Ha sido sin querer! —se excusó.

Entonces, los hombres enmascarados aprovecharon la confusión para apoderarse de nuevo de nuestro aparato y se

dieron el piro, vampiro, perdiéndose por las laberínticas callejuelas de Venecia.

—¿Tú estás tonto o qué te pasa? —rugió Chiara, señalando a Maqui—. ¡Hemos perdido la *ametrallaflora* por tu culpa! —y salió corriendo tras los ladrones, gritando—: ¡Os voy a dar *pa'l* peloooooo!

Y, sinceramente, verla con esa expresión de jabalí furioso casi me hizo sentir pena por los hombres-cuervo.

Spaghetto salió detrás como un halcón y Maqui también la siguió, aunque no tan rápido: se tomó su tiempo. El que no estaba para trotes era Boti, que se había quedado cojo.

—Yo casi mejor me voy al hotel— nos dijo.

—Vale —contesté—. No te preocupes.

Y volvimos al objetivo que nos había llevado hasta la Academia: encontrar al vendedor de la máscara de perro.

—¿Cómo tenía las manchas el chucho? —preguntó Rafa.

—Marrones —respondí—, color canela.

Y con esa pista recorrimos puesto por puesto, miramos cuadro por cuadro, preguntamos pintor por pintor... pero no obtuvimos respuesta.

—Chicos —nos dijo un maestro que se daba mucha importancia—, aquí todos somos artistas de categoría, nada de pintoruchos de máscaras; aunque vosotros, pobres muchachos, qué vais a saber de arte...

Y claro, Miguel Ángel, Rafa y yo nos quedamos un poco chafados, como por los suelos. Hasta que, de repente, me fijé en un niño de mi edad, de pelo alborotado, que estaba pintando un cuadro de la Última Cena cabizbajo, aunque mirándonos de reojo.

—Qué casualidad —le dije a Lisa—, yo tengo un cuadro parecido.

—Pero el tuyo es más chulo —me contestó, sonriente.

Me puse un poco colorado por el piropo y, entonces, observé el perro que aparecía en el cuadro. ¡Uy, madre! ¡A ese chucho le había visto yo antes! Y, además, se podía reconocer el trazo del autor:

—¡Te pillé! —le dije al chaval—. ¡Tú eres el pintor de las máscaras de perro!

—¡Shhh! ¡Silencio! —rogó en voz baja, tapándome la boca con la mano—. Si se entera mi maestro Bellini de que me saco un dinerillo extra vendiendo máscaras, me echará de su taller.

—¡Ay, pobre! —exclamó Lisa, conmovida.

—La pintura lo es todo para mí, y no puedo jugármela —siguió diciendo el muchacho—. Me llamo Tiziano Vecelli.

—Guay, Tiziano —soltó mi amigo Miguel Ángel—, pues ahora que te tenemos, despídete de tus amigos, que te llevamos a la cárcel.

—¿¿¿Cóóómo??? —preguntó el chaval, aterrado.

—Que no, Tiziano, tú ni caso —lo tranquilicé—. Verás, han acusado a mi tío de un delito que no ha cometido porque el verdadero ladrón llevaba una máscara de perro pintada por ti.

—¡Pero yo he pintado varias máscaras como esa! —exclamó.

—¡Eso es exactamente lo que esperaba oír! Por eso, necesitamos saber cuántas has vendido y a quién.

—Solo a tres personas: a la duquesa Questa Locatis, al maestro de música Chimbaldi y al *dottore* Fortini. Precisamente ahora iba a casa de la duquesa, a llevarle otro pedido de máscaras. Podéis venir conmigo, ¡si es que os atrevéis a entrar en su palacio, claro!

—*Ejem* —le dije—, ¿y por qué no íbamos a atrevernos?

—¿No lo sabéis? —preguntó—. Pues porque la duquesa vive en un palacio maldito.

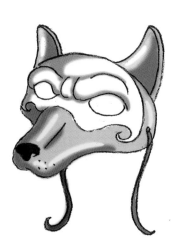

7

UN LUGAR MALÉVOLO

—¿Maldito? Pero ¿cómo de maldito? —pregunté a Tiziano, apoyado en la barandilla del *barcoretto* mientras nos acercábamos al palacio Ca' Dario.

—Pues que todos los que lo compran, o tienen intención de comprarlo, estiran la pata sí o sí —me contestó.

—¡Vaya, pues sí que está maldito! —se asombró Lisa.

—Oh, no te preocupes, mi pequeña princesa —le dijo Casanova Jr., baboseándole la mano—. Yo te protegeré de cualquier criatura terrorífica.

—Ya, colega —le dijo Rafa, pícaro—, ¿y quién la protege a ella de ti?

—¡Ja, ja, ja! —rieron Boti y Miguel Ángel.

—A ver, Casaboba, ven *p'acá...* —le dije, apartándole de mi amiga—. Deja a Lisa tranquila. ¿Lo pillas?

—Oh, sí, lo pillo —contestó—. Pero... ¿es que acaso es tu hermana?

—¡Qué va, si yo no tengo hermanas!

—¡Ah! Ya lo entiendo —susurró—, ¡entonces es tu novia!

—¡Que no, tío, para nada! —contesté.

Y el muy comadreja me puso entonces en un apuro:

—Pues, si no es tu novia ni tu hermana, ¿por qué no quieres que me acerque a ella?

—Porque... porque...

¡Mechachis!

Me había pillado. No sabía qué decir.

—A ver, basta de chácharas —soltó Lisa—. Casanova, si te vuelves a pegar a mí así, verás mi puño en tu napia —y zanjó el asunto.

—Oh, discúlpame si te he molestado —le dijo Casanova Jr., echándole cuento—. A partir de ahora me quedaré a tu lado sin rozarte, como una avecilla que revolotea a tu alrededor, como una mariposa, como una abejuela que...

¡*Tuuuuuu, tuuuuuu!* , sonó la sirena del *barcoretto*, cortando el discurso churropoético de Casanova Jr.

—*Tutti a terra!* —gritó un barquero regordete de pelo rizado.

Salimos del barco y, en pocos minutos, estábamos frente a la enigmática puerta del palacio Ca' Dario.

Ti-ti-ti-ti, castañetearon nuestros dientes mientras mirábamos el edificio desde la puerta de entrada. Jo. Aquello imponía. Era un chiringuito de cuatro plantas que estaba un poco *pa' allá*, o sea, como que se iba a caer de un lado, con tres filas de oscuros balcones. Y, sobre él, de forma inexplicable, se proyectaba la sombra de una nube negra, como diciendo: «Ojo, que aquí hay tomate». Tomate terrorífico, claro.

Toc-toc-toc.

—Soy el pintor Tiziano— dijo mi nuevo amigo, llamando a la puerta de la duquesa—. ¡Le traigo sus máscaras!

—¡Qué guay! —dijo una voz femenina desde dentro del edificio—. ¡Ya voyyy!

Y se escuchó un misterioso sonido de ruedas, *chasca, chasca*. Abrieron el enorme cerrojo de la puerta y, ante nuestros ojos, apareció la duquesa Questa Locatis:

—¡¡*Yuuujuuu!!* ¿Cómo estás, Tizi, querido? —saludó una chica joven que iba sobre patines, con un vestido de rayas de mil colores y una enorme peluca llena de flores y pajaritos.

¡Guau! ¡Sí que está locatis, sí!, pensé.

—Estoy bien, señora, gracias —dijo Tiziano—. Me he permitido traer a unos amigos: Leo, Lisa, Miguel Ángel, Rafa y Casafofa.

—¡Casanova! —corrigió—. A sus pies... —y le hizo una reverencia.

—¡Qué estupendo! Por aquí no viene mucha gente ¿sabéis? —comentó la duquesa—. Es por todo el rollo ese de la maldición. ¡Hasta me he quedado sin personal de servicio! Pero pasad, pasad... —añadió, mientras cogía las máscaras de manos de Tiziano.

Y pasamos, sí. Con precaución. Con cautela. Vamos, cacafuti de miedo.

—Tengo el dinero en mi salón de baile —le dijo a Tiziano—. Si sois tan amables de acompañarme por el pasillo...

El pasillo. Ya. No es que nos diera miedo, nooo. Pero aquello estaba oscuro como la boca de un lobo. Claro que ¿había otra opción? No. Así que la seguimos.

—Oh, disculpad la falta de luz: el último criado que me quedaba se churrascó como una alita de pollo intentando encender las lámparas. Tendremos que apañarnos con esta antorcha —dijo, encendiéndola—. Seguidme.

Y comenzamos a recorrer una tenebrosa galería. La luz móvil del fuego de la antorcha proyectaba una serie de sombras sobre la pared francamente horripilantes; y esto, unido a la reputación del palacio en el que estábamos, nos puso los pelos como escarpias.

—Oiga —me atreví a preguntar—, ¿y realmente estiran la pata todos los que viven aquí?

—¿Quién sabe? ¡Mirad la pared! —dijo, iluminándola. Estaba llena de retratos, de cuadros de hombres y mujeres a cada cual más feúcho y siniestro—. Ese de ahí, con cara de pato —nos explicó—, es Albertino Spantosi. Nada más comprar la casa, se le cayó un piano en la mano. Y, como estaba solo, nadie le pudo ayudar a salir de debajo... Hasta que fue a verlo un primo suyo, siete meses después. *Ejem*, digamos que, cuando lo encontraron, ¡estaba en los huesos! ¡Juas, juas, juas!

—¿Y esa señora de ahí? —preguntó curiosa Lisa, indicando el cuadro de una anciana con una enorme tarta de cumpleaños.

—La marquesa de Fiestoni. ¡Pobre! La palmó de una indigestión. Se empeñó en comerse la tarta ella solita, ¡pero con

velas y todo! ¡Juas, juas, juas! *Titiriríí, titiriráá* —se puso a cantar la duquesa mientras patinaba a nuestro alrededor.

—La locatis está empezando a preocuparme —me susurró Rafa.

—Y, *¡tachán!*, nuestro fiambre más reciente —dijo la duquesa, señalando orgullosa un cuadro de marco plateado al que le hizo una reverencia—. El barón Ceporrini. Estiró la pata cuando daba un inocente paseo por el jardín.

—¡Venga ya, nadie la palma por pasear por el jardín! —argumentó incrédulo Miguel Ángel.

—Sí, si te cae un burro volando —dijo la duquesa.

—¿¿Un burro volando?? —preguntamos todos, alucinados.

—Así es... Todavía nadie ha podido explicarlo. ¡Ji, ji, ji! ¿No es curioso?

—Sí, mucho —le contesté—. Y, con estos antecedentes, ¿usted no tiene miedo de vivir aquí y que le pase lo mismo?

—Oh, no, mi querido niño. ¡A mí no me afectan las maldiciones! Yo prefiero pensar que son «casualidades», porque... —y, entonces, giró tanto sobre sus patines que dibujó un torbellino en el aire, hasta casi llegar al techo, para luego bajar hasta el suelo en un ejercicio de caída perfecta, mientras decía—: ¡¡Me mooola este palaceeete!!

Menos mal que, por fin, llegamos al rosado salón donde la duquesa tenía el monedero. Lo abrió y tendió el dinero a Tiziano.

—Toma —le dijo—. Con estas máscaras ¡¡haré un gran fiestón!! Bueno, si alguien se atreve a venir, claro —y se despidió de nosotros muy coloquialmente—: Hala, vete, Manolete.

—Igual Manolete no se puede ir todavía, señora —le dije—, porque tenemos algo importante que preguntarle.

—¡Oh! En ese caso, soy toda oídos —contestó, dando una vuelta a mi alrededor con sus patines.

—Señora, desde el cariño y la admiración: ¿no habrá robado usted por casualidad una oveja?

—Una oveja... una oveja... —repitió la duquesa, intentando hacer memoria—. Pues no me suena. ¿Cuándo tuvo que ser?

—¡A media mañana! —se apresuró a decir Lisa.

—¡En la plaza de San Marcos! —añadió Rafa.

—¡Disfrazada con una máscara de chucho color canela! —completó Miguel Ángel.

—¡Anda! ¡Esta mañana sí que me puse esa máscara!

—¡Bien! —gritamos todos.

—Ah, pero, ahora que recuerdo... Yo no he podido robar la oveja porque, a esa misma hora, ¡estaba mangando la campana de la Torre dell'Orologio!

Y nos quedamos todos fritos cuando abrió su enorme peluca de pajaritos y nos mostró ¡¡¡la campana!!!

¡*TOLÓN, TOLÓN, TOLÓN*!

—¿A que suena guay? —preguntó mientras la golpeaba.

—Sí, sí, suena superguay —le dijimos, tapándonos los oídos mientras los pobres pajaritos salían volando, espantados.

—¡Qué dama más audaz, ha birlado ella solita la campana más famosa de Venecia! —exclamó Casanova Jr.

—Bueno, audaz o caradura —dijo Tiziano en voz baja—, según se mire.

—Pues tenemos que seguir buscando —apuntó Lisa con desilusión.

—Oh, bella luz de la mañana —asaltó el cursi oficial del grupo, o sea, Casanova, de nuevo a Lisa—, no os vengáis abajo, yo os ayudaré.

—Ya estamos —dijo Lisa, aburrida—. ¡Que no necesito ayuda, *pesao*!

—*Ejem* —me dijo Tiziano, en plan secretillo, al oído—. Cuidado con el Casanova este ¡que te quiere birlar la piba!

—Ya lo sé... ¡Quiero decir, que Lisa no es mi piba!

—Ya —dijo Tiziano—, ni Cecilia la mía. Pero tú hazme caso y ten cuidado, no vaya a ser que de tanto insistir se vaya a salir con la suya.

Y, agradeciendo el consejo de mi nuevo amigo, mis colegas y yo nos despedimos de la duquesa Questa desde la calle mientras ella nos decía adiós desde el balcón:

—¡Hasta la vista, chicos! ¡Y volved pronto, que ya habéis visto que en este palacio no le pasa nada a nad...! *¡Aaaaaah!*

¡CHOF!, y se cayó al agua.

—Pero, ¡si es imposible caer desde esa ventana tan pequeña! —dijo Tiziano.

Ayyys. Con maldición o sin ella, así acababa nuestra historia en el palacio de Ca' Dario. Dimos un fuerte abrazo a Tiziano para despedirnos de él y nos preparamos para ir a buscar a la segunda persona que había comprado la misma máscara de perro que mi tío: el maestro de música Chimbaldi.

Sin embargo, al adentrarnos por una callejuela, salimos a un canal donde nos esperaba una sorpresa.

UNOS CUERVOS MUY PESADOS

—¡Ay, maldito pájaro del maldito Leo! —gritaba Maqui, remando a toda velocidad en una góndola mientras Spaghetto le picoteaba el trasero.

—¡Yo también me alegro de verte! —le dije a Maqui, aderezando la situación con unas gotas de ironía.

Estábamos ante una nueva persecución de los hombres-cuervo, aún más entretenida que las anteriores, si cabe. Delante, y en una góndola negra, iban los tres pajarracos, avanzando muy deprisa. Muy cerca de ellos, tan cerca que casi podían tocarse, iba otra góndola de color verde con Maqui, picoteado por Spaghetto, y Chiara, que no paraba de golpear a los hombres-pájaro en la cocorota con el remo. ¡Qué fuerte!

—Podríamos echarles una manilla, ¿no? —dijo Rafa.

—Es que se los ve muy entretenidos —dijo Lisa, riendo.

—Venga, vale —contesté, guiñando el ojo, y saqué de mi zurrón uno de mis nuevos inventos: el *vincipino*, o sea, un arco para lanzar pepinos. Así que tensé la cuerda, le puse un pepino y, ¡*plaf!*, se disparó.

—¡*Auuu!* ¡Leo, te vas a acordar de mí!

Vaya por Dios. ¡Le había dado a Maqui! Juro que fue sin querer, pero ¡no sé qué hizo el tío, que se puso delante de los pajarracos y el proyectil le dio en todo el ojo, mandándole hasta a la orilla!

—¡Mecachis! —exclamó contrariado Spaghetto—, con lo divertido que era picotear a Maqui.

—Pero, sin remero, ¿cómo se las va a apañar Chiara para perseguir a los hombres-cuervo? —preguntó Lisa.

—Se me ocurre una idea —dijo Miguel Ángel. Y, ¡*plaf!*, tiró a Casanova al agua.

—¡Eeeh! Pero, ¿por qué osáis hacerme esto, caballero? —protestó Casanova, muy cursi, porque él era cursi hasta para protestar.

—Para que vayáis en ayuda de una bella dama. ¡Juas, juas, juas! —contestó con recochineo Marmoleitor.

—¡Yo no quiero a ese en mi barco ni de broma! —gritó Chiara, apartando a Casanova con el remo.

—¡Ni yo a esta fiera! —contestó, remojado, el pobre Casanova.

—Chiara, tía —le recordó Lisa—, necesitas un remero.

Y, después de unos instantes de reflexión y, sobre todo, por la rabia de ver cómo los hombres-cuervo se alejaban haciéndonos burla, Chiara dijo:

—Bueno, vale... Anda, ven, *pringao* —y tendió su mano a Casanova—. Ponte a remar. Pero a la primera cursilada te tiro al canal de nuevo, ¿eh?

Y allí dejamos a nuestros amigos, peleando por recuperar nuestro invento. Nosotros tampoco habíamos tenido mucho éxito; de hecho, ¿la cosa podía ir peor?

Pues sí que podía. Al instante, apareció Katy Médici, la novia del tío Francesco, llorando con su moco colgando y contando una terrible noticia: su padre no solamente no iba a ayudar a sacar a Francesco de la cárcel, sino que había conseguido que les llevasen a él y a Casanova a otra celda mucho peor, donde hacía tanto calor que hasta las pizzas se cocían solas.

Definitivamente, había que sacarlos ya de allí.

9

LAS «NIÑAS» CANTORAS

—*Acqua alta! Acqua alta!* —gritó de repente un comerciante veneciano, visiblemente nervioso, que se puso a cerrar su tienda a más velocidad que un leopardo en un supermercado con oferta de antílopes.

—*¡Buah!* —soltó despectivo Miguel Ángel, rascándose la barriga—. ¿A la gente de aquí le da un telele por un poquito de agua?

Vale. No era un poquito. ¡¡Era toda una inundación!! En pocos minutos la ciudad estaba anegada, los comercios y las casas habían cerrado sus puertas con planchas de madera y las calles estaban desiertas. Ya me lo había contado mi tío Francesco, que, por las mareas, por fuertes tormentas y por mil razones más, las calles de Venecia (que están construidas sobre islas pequeñitas) a veces se llenaban de agua, remojando las patillas de los paseantes. Algunos iban con botas altas especiales para el agua, como las que tiene mi tío; pero, ¡qué rabia!, a nosotros se nos habían olvidado en el hotel.

—Hombre —les dije a mis amigos, quitando importancia al asunto—, la cosa tampoco es *pa'* ahogarnos.

—Pero sí *pa'* resfriarnos —añadió Lisa—. ¡*Atchús*!

Y, entonces, pensé que algún día inventaría un sistema para evitar las inundaciones de Venecia, quizá con unas compuertas muy gordas de madera que...

¡Plas!, Miguel Ángel me sacudió en todo el melón:

—Espabila, chaval. ¡Que nos estamos mojando!

Y ocurrió algo extraordinario. De repente, escuchamos un coro de voces femeninas alucinante, acompañado de violines, que venía de una iglesia. ¡Jo, parecía música de ángeles!

—¡Esa sinfonía es del maestro Chimbaldi! —dijo Rafa, dando una palmada con su mano; porque, en esto de la música, el tío se las sabe todas.

¿Chimbaldi? ¡Pero si era la segunda persona que compró la máscara! ¡Justo el que buscábamos! Así que, mojados como sopas pero llenos de esperanza, entramos en la iglesia de donde salían aquellas notas.

Uf. Estaba todo lleno de espectadores y, en el altar, había un gran cartel que decía: Concurso de Orquestas Femeninas de Venecia.

—¡Mirad! —dijo Rafa, señalando al piso más alto—. Allí está el maestro Chimbaldi, dirigiendo la actuación de sus alumnas.

Y así era. Un director pelirrojo movía la batuta frente a un grupete de diez chicas enmascaradas, vestidas todas exactamente igual, como cromos repes.

—¡Ah! ¡Pues esto está *chupao!* —añadió Miguel Ángel—. Subimos, le preguntamos al maestro por la máscara y, si ha sido él, nos lo llevamos de los pelos a la cárcel.

—Echa el freno, Madaleno —le dijo Lisa, deteniéndolo con el pie—. ¡No puedes interrumpir el concierto! Además, ahí arriba solo suben los maestros y las chicas concursantes.

—¿Ah, sí, listilla? ¿Y eso cómo lo sabes?

Y Lisa señaló con su dedo índice un cartel en la puerta que decía: Aquí solo suben los maestros y las chicas concursantes.

—Vale —contestó Miguel Ángel—, ya lo pillo.

—¡Venga, chicos, que eso no es un problema! —dijo Rafa. Y, de su zurrón, sacó un lápiz negro con el que se pintó un bigote que le dio aspecto de persona mayor. Después, sacó su viola y se plantó delante de nosotros, diciendo—: ¡Aquí tenéis al profe Rafaelini!

—¡Toma! ¡Qué buena idea! —le dije—. Ahora solo nos faltan las alumnas. Tenemos a Lisa, peeero necesitaríamos a alguien más —insinué, mirando a Miguel Ángel—. Alguien valiente, alguien lanzado, alguien...

—¡¡Ah, no!! —contestó—. Eso sí que no. ¡Siempre me pasa igual! Cuando hay que vestirse de adefesio, ¡ahí está Miguel Ángel! Pues esta vez no pienso hacerlo.

—Venga, tío —insistí—, que tú tocas el tambor que lo flipas.

—¡Y tú la lira, amiguete! ¿Por qué no te disfrazas tú?

—Porque yo tengo que estar escondido, organizando el plan —argumenté, como si realmente me creyera lo que estaba diciendo.

—¡No, no y no! —se empecinó Miguel Ángel—. ¡Y cuando digo que no, es que no...!

Y no le sentaba nada mal el vestido rojo que le puse. ¡Je, je, je! Porque, como os podéis imaginar, al final le convencimos para que actuase.

—Ahora, con todos ustedes —anunció una monjita regordeta—, participa en nuestro concurso el maestro Rafaelini, con el dúo de violas formado por sus pupilas Lisa y Migueletta.

—¡No me gusta esto ni un pimiento! —dejó claro Miguel Ángel.

—Rafa —dijo Lisa, preocupada—. Nosotros nunca hemos tocado música clásica. ¿Qué vamos a hacer?

—Lo de siempre —contestó, chulito—. ¡Rock del bueno!

Y, *¡dauuung, dauuung!*, Rafa se arrancó con un temazo que solemos tocar en los conciertos del cole que dice:

> *We will, we will rock you.*
> *Sing it now.*
> *We will, we will rock youuu.*

¡Toma, toma, toma! Teníais que haber visto a la gente, levantándose de sus asientos y coreando la canción. Toda la atención del público estaba puesta en mis amigos, justo lo que necesitaba para cumplir mi objetivo: hablar con Chimbaldi. Así que me acerqué a él disimuladamente:

—Mola la música, ¿eh? —le dejé caer.

—¡Oh, desde luego! —me contestó, entusiasmado—. ¡Esas chicas valen mucho, no me importaría incorporarlas a mi orquesta!

—¿Ah, sí? Pues yo soy su representante —comenté, en plan chulito—. Seguro que podemos llegar a un acuerdo, siempre que me ayude con una… «pequeña cuestión».

—¿Cuál? —me preguntó, intrigado.

—Verá, es que queremos actuar de una forma un poco original y necesitamos una máscara de perro. Y me han dicho que esta mañana compró usted una, ¿no es así?

—¡Sí, por supuesto! Se la regalé a una de mis alumnas, por sacar buenas notas.

¡Vale!, pensé. *Estamos en el buen camino.*

—¿Y no podría usted decirme a cuál de sus alumnas fue?

—Claro, se trata de Elisabetta —contestó, sin parar de bailar—. Pero, si quieres encontrarla, date prisa, porque le he dado permiso para ir con dos amigas a una fiesta de disfraces y creo que se van ahora mismo.

¡Fiuuuuum! Mis ojos se dirigieron hacia la salida donde, efectivamente, había tres mujeres: una con máscara de gato, otra de pájaro... ¡¡y la tercera de perro!!

La casualidad hizo que, en ese mismo momento, acabase la actuación de Rafa y mis amigos.

—¡¡Bieeen!! ¡Bravooo! ¡Otra! ¡Otra! ¡Otra! —gritaba la gente.

—¡Siento cortaros el rollito —le dije a mis amigos, agarrándoles del cuello—, pero nos largamos!

—Pero ¿cómo? ¿Ahora que hemos triunfado? —preguntó Miguel Ángel, contrariado, mientras se subía la falda arrastrado por mí.

—Migueletta, tú calla y sígueme —y nos fuimos, dejando a la gente preguntando por el club de fans y los próximos conciertos.

—¡Un momento, señoritas! —grité, un segundo y medio antes de que zarpara la góndola de las alumnas de Chimbaldi—. ¡No se pueden marchar!

—¿Qué ocurre? —preguntó la de la máscara gatuna, haciendo una señal al gondolero para que se detuviese.

—¡Necesitamos saber dónde estuvo la dama de la máscara de perro esta mañana! —se apresuró a preguntar Lisa, medio asfixiada por la carrera, con su pelo ondeando al viento.

Entonces, la enmascarada perruna dio un paso al frente y dijo:

—Estuve en la plaza de San Marcos.

—¡Luego usted es la ladrona de ovejas! —gritó Miguel Ángel.

—¿Yooo? —preguntó, sorprendida, la alumna—. Pero, eso es imposible, niño —contestó.

—¿Y por qué es imposible? —preguntamos todos.

Lentamente, la alumna se quitó la máscara de perro y apareció... ¡una dulce ancianita de pelo blanco y rodillas temblorosas!

—Hijo, ¡ya quisiera yo tener fuerza para robar ovejas! ¡Ja, ja, ja! —contestó.

Y, a continuación, se desenmascararon las otras dos amigas, que también eran de su edad, siglo más, siglo menos.

—¡Hala! ¡Qué metedura de pataaa! —me dijo Lisa.

—No entiendo nada —exclamé, contrariado—. Entonces, ¿Chimbaldi nos mintió al decirnos que eran ustedes sus alumnas?

—Oh, no —se apresuraron a contestar—. Llevamos muchos años estudiando con él. ¡Y lo que nos queda por aprender...!

—También hay chicas más jóvenes —puntualizó la de la máscara felina.

—¡Pero son unas sosas y no tocan igual de bien que nosotras! ¡Je, je, je! —puntualizó la de la máscara de pájaro—. ¡Y ahora nos vamos de fiestón! ¿Os apuntáis?

Uf. No estábamos para fiestas. Mi pobre tío seguía asándose de calor en la cárcel, y ya solo nos quedaba una oportunidad para encontrar al dueño de la máscara de perro.

Nuestra última oportunidad.

EL *DOTTORE* FORTINI

—Pase, la puerta está abierta —dijo una voz afable desde el interior del fascinante jardín que rodeaba el palacete del *dottore* Fortini. Había toda clase de plantas y flores, desde las sofisticadas rosas rojas, los lirios amarillos y las gerberas de rabioso naranja, hasta los sencillos ásteres violetas o las divertidas campanillas azules.

—¡Guau! —exclamó Lisa—. Esto es alucinante.

—Me alegro de que te guste —volvió a decir la voz.

—¿El *dottore* Fortini? —pregunté.

Y un hombre moreno, de mediana edad y elegantemente vestido, se incorporó desde detrás de un rosal que estaba podando.

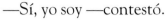

—Sí, yo soy —contestó.

—Vaya —le dije, emocionado—, encantado de conocerle. Somos...

—*Tse, tse, tse...* —me mandó callar, de repente, y añadió—: Soy cardiólogo, así que prefiero conocer a la gente por su corazón —y, al instante, se puso un extraño aparato en su oreja que iba unido a una especie de campanita que acercó, efectivamente, a mi corazón.

TUM-TUM, TUM-TUM... podía oírse a través del aparato.

—Hijo, tienes un latido de genio, de inventor, el de los hombres que imaginan, que sueñan con cambiar el mundo —me dijo—. Y, por supuesto, de artista. Tú quieres volar, y créeme que llegarás muy alto.

—¡Vaya! —le dije—. ¿Todo eso le ha contado mi corazón?

—Oh, sí —afirmó—. Veamos qué nos dice el de esta bella señorita.

Y se acercó a Lisa y puso en su pecho el fonendoscopio, que así me dijo que se llamaba el aparato, mientras mi amiga sonreía, curiosa.

TAM-TAM, TAM-TAM...

—Tienes el latido de una muchacha rebelde, luchadora y, *ejem, innamorata*. Tú y yo sabemos de quién, ¿verdad? —y Lisa se puso más colorada que un tomate. Y el *dottore* añadió—: Sin duda, tu belleza pasará a la historia.

—Vaya —dijo Lisa, impresionada—. ¡Qué fuerte!

—Mi pequeño amigo —le dijo después a Rafa—, ahora ven tú aquí.

—Vale —le dijo, acercándose con su típica sonrisilla nerviosa.

¡TIC-TAC-TUCU-TUC! ¡TIC-TAC-TUCU-TUC!

—¡Qué sorpresa! ¡Tienes el rock en el corazón! —dijo el *dottore*, auscultándole.

—¡Desde luego que sí, señor! —contestó Rafa.

—Sin duda posees un latido de músico, pero también puedo escuchar que eres un gran pintor, todo un filósofo y que te gusta mucho nadar con tu padre.

—Me deja usted *pasmao* —le dijo Rafa—. ¿Todo eso le ha contado mi corazón?

—Así es. Y también me ha dicho que debes confiar en ti mismo, porque serás un gran genio y un gran hombre.

—¡Bueno, ya está bien! —protestó Miguel Ángel—. ¿Y a mí cuándo me toca?

—Vaya, un *ragazzo* impaciente —le dijo Fortini, yendo hacia él. Y, al acercar el fonendoscopio a su pecho, se escuchó: PLANC-PLANC, PLANC-PLANC—. ¡Suena a mármol! Pero no creo que tengas un corazón de piedra —comentó el *dottore*—. Más bien, pienso que llevas el mármol en tu corazón.

—¡Es cierto! —gritó Miguel Ángel, entusiasmado—. Esa roca me... me... ¡me hace llorar de emoción! —dijo, apoyando su cara llena de lágrimas en el hombro del *dottore*.

—Pues no dejes esa afición, por piedad —le contestó—. Presiento que te hará pasar a la historia. Y ahora que ya nos conocemos todos —dijo, recogiendo su fonendoscopio—, debemos resolver un problema que me ha soplado el corazón de los cuatro.

—¿Qué nos pasa? —preguntamos, alarmados, al mismo tiempo.

—Oh, nada grave. ¡Tenéis hambre y estáis cansados!

Qué tío. Nos había *calao* hasta en eso. Igual el rugido de nuestras tripas le había dado alguna pista.

—¡Pero yo no puedo parar a comer, tengo que ayudar a mi tío!

—En ese caso, haremos un trato —dijo el *dottore*—: Os prepararé personalmente un tentempié y, después, te doy mi palabra de que te ayudaré con tu tío. ¿De acuerdo?

Y no pude decir que no.

—¡Venid conmigo! —y nos llevó a uno de los salones de su palacete, que estaba lleeeno de libros, esculturas que le habían regalado sus numerosos amigos y cuadros donde apa-

recía él con gente muy importante. De repente, quitó un re-
trato de la pared descubriendo que detrás había, ¡tachán!,
una caja fuerte.

Cric, crac, cruc... sonaba el mecanismo de la caja mientras
el *dottore* ponía la combinación exacta para abrirla.

—Este alimento que os voy a dar —nos dijo—, lo guardo
aquí porque es un verdadero tesoro: es nutritivo, energético,
pieno di vitamine e minerali y muy bueno para el corazón. Con
ustedes: ¡Su Majestad el Huevo!

¡Toma! ¡Y nos presentó una bandeja alucinante llena de
huevos, todos blancos y juntitos!

—Y ahora, acompañadme a la cocina, porque vamos a preparar una receta secreta —y volvió a meter la mano en la caja
fuerte para sacar un pergamino—. Su nombre es ¡tortilla de
prosciutto! ¿Leonardo? —preguntó—. ¿Cómo estamos de voz?

—Regulín, ¿por...? —contesté con mosqueo.

—Nos valdrá. Y, ahora, Rafa —añadió el *dottore*—, ¡que
suene esa viola a ritmo de tarantela!

Y Rafa sacó la viola de su zurrón para acompañar la receta,
mientras que Lisa, Miguel Ángel y yo nos pusimos a cantar-
la ante la atenta y divertida mirada del *dottore* Fortini:

Per fare tortilla prosciutto
sé delicato, ¡non seas bruto!

Coge otto huevos de buena gallina,
ni gorda, ni flaca ¡ma sí bailarina!

Presto coge cien grammi de jamoni,
ma luego córtalos en piccole porzioni.
Bate los huevos, echa el jamón,
¡y mezcla cantando questa bella canción!

Dieci miligrammi de aceite de oliva caliente,
echa en una sartén que sea antiadherente.
Pon la mezcla a cuajar por ambos lados,
¡y en cinque secondi te la habrás papeado!

—¡Genial! —aplaudimos todos.

—¡Esto ha sido la caña! —exclamó Miguel Ángel, rebañando el plato después de devorar la suculenta tortilla.

—Me alegro, pequeños —dijo el *dottore*—. Y ahora, Leonardo, dime, ¿qué puedo hacer por ti?

—Verá *dottore*, alguien disfrazado con una máscara de perro ha robado esta mañana una oveja en la plaza de San Marcos; y, como mi tío tenía la misma máscara, le han encarcelado a él y...y...

—Y has averiguado que yo tengo otra de esas máscaras y piensas que puedo haber sido yo.

—No, con lo majo que es usted, estoy seguro de que no lo es —y añadí, desesperado—: ¡Pero ya no sé dónde buscar!

—¡Y, encima, su tío está en la prisión que llaman «de los hornos»! —sollozó Lisa.

—¡No! —exclamó Fortini—. ¿Donde las pizzas se cuecen solas?

—¡Ahí! —contestamos mis amigos y yo a la vez.

—Mmm… —dijo el *dottore*, pensando muy rápido—. En ese caso, no tenemos tiempo que perder. Efectivamente, yo compré una máscara de perro a un tal Tiziano en el barrio de la Academia pero, por una imperdonable torpeza, al bajar de mi góndola se me cayó al agua. Entonces, un niño la cogió, ¡y se fue con ella corriendo! Así que, lamentablemente para vosotros, no la tengo. Pero sí que tengo una posible solución.

¡Bien! Si cuando yo decía que este *dottore* era un tío guay…

—¿Y cuál es? —le pregunté, saltándole al cuello.

—Veréis, llevo muchos años ocupándome de la salud de las personas y he hecho amigos en todas partes.

—¿También en las prisiones? —pregunté.

Y, guiñándome un ojo, me contestó:

—Ahí también…

Y, entonces, empezó a contarnos un plan fabuloso que, sin duda, ayudaría a mi tío. Después, le dimos las gracias y nos despedimos de él con un fuerte abrazo. Nunca olvidaré a ese hombre que era capaz de conocer a la gente tan solo escuchando su corazón.

¡AL RESCATE!

Con el corazón a punto de estallar por el pedazo de reto al que nos enfrentábamos, llegamos a las puertas de las frías y grises prisiones del Palacio Ducal de Venecia.

—Las celdas son infranqueables —nos había explicado el *dottore*—. Tienen puertas dobles y están protegidas por enormes y pesados cerrojos de hierro, que solo se abren desde fuera. Huir excavando el suelo tampoco es una solución, porque es de piedra; y olvidaos de las ventanas: sus barrotes de hierro están incrustados en la roca. ¡Ah! Y no perdáis de vista a los guardias. Hay dos en cada celda, de día y de noche.

Uf. La situación podía ser más chunga, pero era difícil.

—¿Entonces —le pregunté—, existe alguna forma más o menos humana de salir de la celda sin estar frito?

—Sí —contestó, sonriendo misteriosamente—, haciendo que alguien te abra la puerta.

Ese «alguien» tenía nombre: Papanatto. No nos engañemos, sonaba a pato *mareao*, pero así era Papanatto: un guardia de prisiones con chaleco y medias verdes, aspecto de trol, el cerebro de un salchichón y la avaricia de una urraca. Sin embargo, también tenía su corazoncito y se sentía en deuda con el *dottore* Fortini por haber curado a su abuelo una vez que estuvo pachucho. Así que, cuando el *dottore* le envió un mensaje pidiéndole ayuda para nosotros, Papanatto no dudó en aceptar el encargo... así como una bolsa adicional, repleta de dinero.

—¿Y qué tengo que hacer? —preguntó Papanatto, con la bocaza abierta y la baba cayéndole de ella.

—Hombre, pues... echarnos un cable para liberar a mi tío —contesté.

—¡Ah, sí, claro! —dijo, sonriendo—. ¿Y cómo se hace?

—No sé —respondí, mosqueado—. ¿Informándonos de los cambios de guardia, por ejemplo?

—¡Oooh! —dijo Papanatto, saltando y aplaudiendo—. ¡Es muy buena idea! ¿Y cómo nos enteraremos de los cambios de guardia?

—¿Porque tú eres *guardia?* —recalcó Lisa, alucinada.

—¡Ah! Sííí —contestó Papanatto con gesto de misterio.

—No es por fastidiar —me dijo Rafa al oído—, pero esto no va a ser fácil. Naaada fácil.

—A ver, Papanatto, majete —le apunté—, dime cuándo es el próximo relevo de los carceleros.

—Pues suele ser a las seis. ¿O es a las once? No, es a las ocho. ¡Uy, si lo cambiaron! ¡Es a las siete!

—¿Estás seguro? —le preguntamos ante semejante baile de números.

—¡Sísísí! ¡Es a las ocho, fijo! Lo sé porque es a la hora a la que siempre me pica un pie.

—¡Pero solo faltan quince minutos! —indicó Miguel Ángel.

—Tiempo suficiente —añadí—. Este es el plan: nos disfrazamos de guardias y nos presentamos ante la puerta de la celda cinco minutos antes del cambio de turno.

¡Al rescate!

Pero necesitaremos los trajes para hacernos pasar por carceleros. Papanatto, ¿qué nos puedes decir de los trajes?

—Que son verdes y yo prefiero el rosa, sí, porque es el color de las haditas y de la primavera.

—Papanatto, céntrate —le dijo Lisa, sacudiéndole de los hombros—. ¡¿Qué nos puedes decir acerca de *dónde* guardáis los trajes?!

—¡*Aaah!* Haberlo dicho antes. Pues mira, están en ese armario que hay en la pared. Pero solo yo tengo llaves.

—¿Y? —le dijimos todos, forzando una sonrisa que escondía un gran deseo de morderle en una oreja.

—¡*Aaah!* Ya os entiendo, queréis que lo abra —dedujo, tan pancho y feliz—. ¡Vale!

Uf. Nos había costado pero, al fin, Lisa, Miguel Ángel y yo teníamos los trajes de carcelero. Eso sí, nos estaban un poquito «amplios»; vamos, que, dentro del modelito de cada uno, habríamos podido meter un elefante y una ballena y, aun así, habría sobrado sitio. Así que los ajustamos como pudimos: nos calzamos unos gorros de malla que, afortunadamente, nos tapaban casi toda la cara y, cinco minutos antes del cambio de guardia, mis amigos, Papanatto y yo nos plantamos en la puerta de la celda de mi tío, frente a los carceleros.

—*Ejem* —les dije—, somos el relevo.

—¿Antes de la hora? —preguntó un guardia del tamaño de un rinoceronte, mirando el reloj.

—Sí, como estamos en fiestas, para que os vayáis a tomar el aperitivo. ¡Je, je, je! —dijo Miguel Ángel, lanzándose a la piscina.

Lisa y yo lo miramos con ganas de estrangularlo. ¿La habíamos fastidiado?

—Vale —dijeron los guardias. Y se fueron.

Guay. No la habíamos fastidiado. Podíamos respirar tranquilos.

—Tíooo —susurré entonces, a través de la ventana de la celda.

—¡Leo! ¿Eres tú? —me preguntó desde dentro, muy emocionado.

—¡Sííí! —contesté—. Hemos venido a liberarte.

—¡Oh, gracias a Dios! Pero —añadió— ¿no será peligroso para vosotros?

—Qué va —le dije—. Está todo controlado —y, entonces, me dirigí a Papanatto—: ¡Venga, tronco, adelante!

—¡Sí, guay, adelante! —contestó—. Adelante... ¿qué?

—¡Yo no puedo con este tío! —protestó, harto, Miguel Ángel—. ¡Me está dando un tic en el ojo, como a don Pepperoni!

—A ver, Papanatto —le dije, con toda la tranquilidad que pude—. A-bre-la-puer-ta.

—¡Ah, sísísí! —contestó.

Y, *tracatrííí, trocotróóó*, los cerrojos de seguridad quedaron abiertos y, con ellos, la terrible celda. Una bofetada de calor con aroma a queso salió de dentro, pero no me importó:

—¡Sobrinooo! —me dijo mi tío mientras nos fundíamos en el abrazo más grande que yo recuerdo haber recibido nunca (si exceptuamos los mimos espachurrantes de mi abuela)—. *Caro* Leo, ¡estás loco! ¡Has venido hasta aquí! —me gritó—. ¡Y has traído a tus amigos! —exclamó, al verlos—. ¡Gracias a todos por ayudarme, bueno, por ayudarnos! Porque liberaremos también a Casanova, ¿no?

—¡Claro, hombre! ¡No le vamos a dejar aquí! —contesté.

—¿Y mi hermano *piccolo* no está con vosotros? —preguntó Casanova.

—Uy, sí —le contesté—. Pero ahora nos está ayudando en una misión, digamos, «de alto riesgo».

—Oh —añadió, emocionado, Casanova—. ¡Qué valiente es mi hermanito!

—Y qué jeta... —añadió Rafa, en voz baja.

Y salimos de la celda hacia el pasillo donde nos esperaba Papanatto.

—¡Hola, tío de Leo! ¡Hola, señor desconocido y churrascado! —saludó Papanatto, moviendo su mano.

—¿Y este quién es? —preguntó mi tío.

—Es una historia muy larga de contar —respondí—. A ver, Papanatto, ¿por dónde salimos ahora?

—Por la puerta —contestó.

—Ya... —dije, conteniéndome—. Pero ¡¡por qué puerta?!

—Ah, sí, por la puerta de la derecha. Y hay que darse prisa, porque a las ocho menos cuarto es el cambio de guardia y nos pueden pillar.

—¿Cómo que «a menos cuarto»? ¡¡Tú dijiste que era a las ocho en punto, que es cuando te pica un pie!!

—¿Ah, sí? Pues igual me he equivocado...

Y se había equivocado. Porque, de repente, aparecieron dos enormes guardias seguidos de dos terribles Señores de la Noche.

—¡Alto! —dijo un carcelero grande y barrigón, con una cabeza especialmente pequeña—. ¿Por qué has sacado a los presos de su celda, Papanatto?

—Porqueee... porqueee... ¿Por qué? —preguntó, volviéndose hacia nosotros para que le sopláramos la respuesta, como en un examen del cole.

—Porque han sido unos rebeldes, y los llevamos a otra celda aún más chunga y nauseabunda —contesté, poniendo la voz más grave que pude.

—Me parece muy bien, Papanatto, —dijo uno de los oscuros Señores de la Noche—. Cuanto más se fastidie al preso, mucho mejor.

—Oh, señor, gracias —soltó Papanatto—. Pero no ha sido idea mía, sino de estos niños, que se han disfrazado de carceleros para liberar a su tío.

—¡¡¡Nooo!!! —gritamos todos.

—Ay, madre —dijo, compungido, Papanatto—. ¿La he fastidiado?

—¡¡Tú qué crees!? —le pregunté, furioso, echando humo por la nariz.

Y, *zis, zas, zuuum*, los guardias y los Señores de la Noche sacaron sus cachiporras y gritaron:

—¡A por ellos! ¡Que no escapen!

¡Estábamos rodeados! Y, de repente, Casanova trepó por la pared hasta el techo, dio un golpe, abrió una trampilla y nos dijo:

—¡Por aquí!

Y comenzamos así una vertiginosa huida por los tejados de Venecia que, al parecer, Casanova conocía superbién porque, el muy bribón, ya había escapado por allí varias veces.

LUCHA EN LOS TEJADOS

—No te vas a resbalar, no te vas a resbalar... —me repetía a mí mismo mientras corría con mis compañeros por los tejados de las prisiones. ¡Jopé, qué mieditooo! Porque las tejas estaban inclinadas y avanzar por encima de ellas no era nada fácil; además, algunas estaban rotas, otras tenían caca de pájaro y otras, directamente, ¡no estaban! Si caíamos desde esa altura, ¡la torta estaba asegurada! Los guardias y los Señores de la Noche nos pisaban los talones. Se mascaba la tragedia.

—Muy bien, chicos —dijo Casanova—. Ahora, tenemos que saltar.

—¿Cóóómo? —le preguntamos, con la bocaza más abierta que el cráter de un volcán.

—Sí —dijo, chulito—. ¿Os gustan las catedrales? Pues vamos a saltar a las cúpulas de San Marcos.

—¿Las que parecen balones de fútbol? —preguntó Miguel Ángel.

—¡Esas! —dijo Casanova. Y, luego, añadió—: ¡*Banzaiii*! —que no sé lo que significa, pero debió de darle mucha fuerza, porque pegó un salto felino ¡y el tío cayó de pie!

—¡*Banzaiii*! —gritó también Lisa, que, sin pensárselo dos veces, dio un salto con voltereta incluida. Jo, qué valiente era la tía.

—*We are the champiooons!* —gritó Rafa, que a él le va más el rollo musical, cayendo perfectamente.

—¿Te ayudo, Leo? —me preguntó mi tío.

—No, majete —le contesté—, yo puedo.

—Como quieras. ¡Katy, te quierooo! —gritó mi tío Francesco, porque como aquí cada uno gritaba lo que quería, a él le dio por ahí.

Uf. Ya solo quedábamos Miguel Ángel y yo. Y los carceleros, que nos perseguían a muy pocos metros de distancia.

—¿Te puedo hacer una confidencia? —me dijo entonces, angustiado y paliducho, Miguel Ángel.

—¿Tiene que ser ahora, que estamos a punto de perder el pescuezo?

—¡Sí! —contestó.

—Bueno, venga ¡pero dilo pronto!

—Que me dan miedo las alturas —contestó, asustado.

—¡No fastidies! —le solté—. ¿A ti, Marmoleitor, *el Señor de las Piedras*, que se ríe de los fantasmas, los vampiros y los zombis... te da miedo la altura?

—¡Sííí! ¿Qué pasa? Cada uno tiene miedo a lo que quiere. No, no puedo saltar. Hazlo tú.

—¡Sí, hombre, y dejar que te atrapen! ¡Espera, tengo una idea! —y saqué de mi zurrón un trapo negro que le puse sobre los ojos—. ¿Ves algo?

—No, ni un pimiento, ¿por?

—No, por nada.

Y le agarré fuerte de la mano y, sin darle opción a reaccionar, pegué con él un tremendo salto.

—¡Lo hemos conseguido! —grité cuando los dos caímos al suelo junto a las cúpulas de San Marcos.

—¡Me has engañado! —gritó Miguel Ángel—. Eres un... eres un... —y, al verse sano y salvo, gritó—: ¡Eres mi mejor amigo! ¡*Buaaah!* —y se abrazó a mí con lagrimillas y eso.

—Chicos, ¿dejamos el rollo «amistad» para otro momento? —nos espetó Lisa, un poquito borde—. Es que tenemos a los enemigos encima.

¡Era verdad! Los guardias también habían saltado por otro camino menos arriesgado, pero pronto los tendríamos de nuevo en la chepa.

—¿Qué hacemos ahora, Casanova? —le preguntó mi tío.

—No lo sé. Normalmente los guardias se cansan pronto de perseguirme, pero estos son duros de pelar.

—¡Tengo una idea! —gritó mi tío—. Bajamos a la plaza de San Marcos, nos confundimos entre la gente y, así, no nos podrán encontrar.

—¡Guay! —contesté.

Y, dicho y hecho, fuimos bajando por una columna que parecía un tobogán y, *¡plaf!*, ya estábamos en la plaza, rodeados de gente disfrazada, turistas, samuráis, puestos ambulantes y muchísimas palomas.

Intentamos caminar con naturalidad e, incluso, mangamos unas máscaras que nos pusimos para camuflarnos hasta que, de repente, escuchamos:

—¡Ahí están! ¡A por ellos!

¡Mecachis! ¡Nos habían descubierto!

—¡Que no cunda el pánico! —dije—. Buscaremos una salida. ¡Corramos hacia delante, hasta el canal!

—¡No! —dijo Rafa—. ¡Por ahí vienen dos carceleros!

—Pues, entonces, ¡volvamos hacia atrás, a la plaza! —les dije.

—¡Tampoco! —gritó mi tío—. ¡Ahí están los otros dos guardianes!

Momento muy chungo porque, si no podíamos ir *palante* ni *patrás*, y a la izquierda estaba la cárcel, solo podíamos ir a la derecha. ¿Y qué había a la derecha? ¡El Campanile, la torre más alta de Venecia!

—*Uf, uf, uf...* —resoplábamos todos, subiendo a patilla las escaleras del interior de la torre, con sus casi cien metros de altura.

—¡No puedo más! —protestó Miguel Ángel.

—¡Es esto, o te convierten en pizza! —contesté. Y, oye, el chaval empezó a correr que se las pelaba.

Poco a poco, fuimos notando la brisa en nuestra cara, señal de que nos acercábamos a la terraza del Campanile. Dimos un paso más, salimos por una angosta puerta y ¡qué pasada! Desde aquella altura bestial se veía toda Venecia, muy pequeñita. ¡Los barcos parecían de juguete y la gente, hormiguitas! Nadie que haya visto esta imagen se la podrá quitar jamás de la cabezota. Al menos, el menda, no.

—¡Salid de ahí! —gritaron los guardias, que estaban aún subiendo por las escaleras.

—¡Rápido, cerrad la puerta! —gritó mi tío, que es la caña de *espabilao*.

Les dimos con la puerta en las narices, y eso los mosqueó aún más.

—¡Vamos a abrir esa puerta, lo queráis o no! —y, diciendo esto, empezaron a aporrearla mientras nosotros hacíamos toda la fuerza que podíamos para impedir que entraran a la azotea.

La situación era un poquito desesperada. Y, de repente, vi un... ¿espejismo? ¿Pero eso no ocurre en el desierto? El caso es que, frente a mi careto, ¡apareció inesperadamente Spaghetto!

—¡Mi pajarillo! —dije, acariciándolo—. ¿Qué haces tú aquí?

—¡Chiara y yo (y, bueno, el petardo de Casanova Jr.), hemos localizado la isla donde esconden la *ametrallaflora* los hombres-cuervo! ¡Es la isla de Murano, y nos están esperando abajo para llevarnos hasta allí!

Y, efectivamente, miré hacia la plaza y allí estaban Chiara y Casanova, saludándonos con la mano. ¿O era Chiara, que le arreaba con la mano a Casanova? Bueno, el caso es que allí estaban.

—¡Genial, porque nosotros ya hemos rescatado al tío Francesco! El problema ahora es quién nos rescata a nosotros de aquí.

—*Tse, tse, tse...* —me pajareó Spaghetto—. Que te lo tenga que decir yo... ¿No llevas en tu zurrón los *paratortas* (o también llamados paracaídas) de bolsillo?

¡Ahí va! ¡Es verdad! Con todo este lío lo había olvidado. ¡Era el mejor invento para saltar desde alturas como la de esta torre! Así que los desplegué, se los puse a mis amigos y, cuando los siniestros guardias y los rechunguísimos Señores de la Noche consiguieron abrir la puerta...

¡Je, je, je! ¡Nosotros ya no estábamos allí!

13

CLARO COMO EL CRISTAL

—Oh, qué triste despedida, bella flor del más bello jardín —le dijo Casanova Jr. a Lisa, besando su mano.

—¡Puaj! Creo que voy a vomitar... —soltó Miguel Ángel, asqueado por el comentario cursi de Casanova.

—Adiós, pesadete —le dijo Lisa, sonriendo.

—¡Hasta pronto! ¡Y gracias por salvarme! —gritó el Casanova mayor desde la góndola que les devolvería a su casa. ¡O igual a otro sitio! Porque, según se alejaban, ya estaban los dos guiñando el ojo a unas chicas que iban en otra barca.

Nuestro objetivo ahora era Murano: la isla donde se fabrican los cristales más guays de Venecia. Chiara y Spaghetto habían seguido en su barca a los siniestros hombres-cuervo hasta allí pero, una vez dentro, les habían perdido el rastro. Ahora, con la ayuda del tío Francesco, Lisa, Miguel Ángel, Rafa y yo seguro que podríamos encontrarlos.

Y llegamos a la isla, camuflados en una excursión de turistas, por si acaso estuvieran vigilando los hombres-cuervo.

—Chicos, mirad esa fábrica —dijo Chiara, señalando un edificio de paredes de cristal y hierro verde de donde salían estallidos de luz amarilla y roja, como si dentro se escondiera un volcán—. La última vez que vi a los hombres-cuervo fue allí.

Y, sigilosos como serpientes, nos arrastramos para entrar en la fábrica, donde encontramos un artesano con gafas, ropa vieja y un delantal que estaba soplando una...

—¿Una trompeta? —preguntó Miguel Ángel, muy sorprendido.

—No, hombre, está soplando el vidrio para fabricar el cristal —contestó mi tío Francesco—. ¿Veis ese recipiente, que parece que tiene lava ardiendo? Pues es vidrio fundido a tropecientos mil grados. El artesano le mete aire a través de un tubo y crea una especie de burbuja.

—¡Como un pompero! —dijo Rafa.

—Exacto —confirmó mi tío, que sabía de esto un rato—. Y a esa burbuja de pasta le va dando la forma que quiere.

Fshhhsgsfstttsts, jsyyystgggs, escuchamos, de repente. Era como un murmullo. A lo lejos. Y venía del almacén de la fábrica: un lugar oscuro y deshabitado, de esos que te dicen que no entres, que va a pasar algo chungo. De esos. Pues entramos.

Las voces se escuchaban cada vez más alto aunque, ciertamente, no se veía ni un pimiento... O sí, porque, al instante, Lisa señaló hacia la derecha:

—¡Leo! ¡Mira ahí! ¡Son los hombres-cuervo!

¡Y era verdad! Sus capas negras les servían para camuflarse entre las sombras, pero su picuda máscara blanca los delataba. Estaban junto a la *ametrallaflora,* ¡pero, ojito, que no estaban solos! Agudizando la vista pudimos observar que les hablaba, ni más ni menos, ¡un tipo con una máscara de perro! No me lo podía creer. ¡Por fin teníamos al culpable!

—¿Vamos a por él y le arreo? —preguntó en voz baja Miguel Ángel.

—¡No, tío! Espera a ver qué dicen —contesté. Y menos mal que lo hice, porque la conversación que escuchamos fue más que interesante:

—Repasemos el plan —dijo el de la máscara de perro—. Mañana, en la actuación ante el Dux, nos haremos pasar por la compañía de teatro de Leo y sus amigos. ¿Y qué haremos cuando estemos frente a él?

—¡Dispararle la *ametrallaflora*! —contestó uno de los pajarracos enmascarados—. ¡Pero no con flores, sino con piedras! ¡Juas, juas, juas!

—¡Exacto! —volvió a decir el enmascarado perruno—. ¡Y así provocaremos un terrible chichón al Dux y haremos que encierren a Leo y sus amigos en las horribles cárceles de Venecia! ¡Juas, juas, juas!

—¡Pero qué malos, ruines, chalados y tontos de las narices son esos tíos! —exclamó, morado de la rabia, Miguel Ángel—. Ahora sí que voy y les arreo, ¿no?

—Quieto *parao*, bacalao —le dije, deteniéndolo.

—Bien dicho, Leo —corroboró mi tío—. La violencia nunca es la solución.

—Eso, y que vamos a ser más listos que ellos —añadí—. Es el momento de aprovechar lo que hemos oído para darles una lección que no van a olvidar en su vida.

¡TRES, DOS, UNO... FUEGO!

Hacía un frío pelón. De los que, si se te cae el moco, se congela en plan estalactita. De esos. Aun así, el sol brillaba en aquella segunda mañana de nuestra estancia en Venecia para iluminar el día más importante del Carnaval, donde las mejores compañías de teatro de Italia tenían que actuar ante el Dux y, entre ellas, la nuestra. O, mejor dicho, la de nuestros impostores.

Los habitantes de Venecia se habían dado cita en la plaza de San Marcos, donde habían colocado un inmenso teatro en plan chupiguay, con su escenario, sus cortinas de terciopelo, sus butacas de raso dorado... ¡Aquello era impresionante!

Terminó una actuación de equilibristas (un poco desequi-
librados, puesto que uno de ellos se partió los piños contra el
suelo), y llegó nuestro turno.

—¡Con ustedes, la Compañía de Teatro de Vinci pre-
senta *La boda de Lisa!* —nos anunció un presentador muy
simpático disfrazado de calabaza. Y, al instante, salieron en
nuestro lugar los tres hombres-cuervo, haciendo los pa-
peles de Pantaleón, Lisa y Colombina. Y comenzaron la
representación.

—No está el de la máscara de perro —observó mi tío.

—Ya lo esperaba, ese será el que dispare la *ametrallaflora*
—deduje, con seguridad.

—¿Los chicos están en sus puestos? —peguntó mi tío.

—Lo están —contesté, rotundo.

Y es que, para ejecutar mi plan, había repartido a mis amigos y a Spaghetto en puntos estratégicos de la plaza. Tenían
la misión de localizar la *ametrallaflora* y avisarme para dete-
nerla antes de que atacaran al Dux, que estaba sentado en la
primera fila, bien majete, con un curioso gorro rojo en forma de calcetín. ¡Como *pa'* no verlo!

Según el guion de mi obra de teatro, el aparato debía
dispararse al final del primer acto. Y el momento se acercaba peligrosamente.

—¡Te he buscado novio, hija mía! —dijo en el escenario el falso Pantaleón—. ¡Solo tiene ciento dos años!

—¡¡Esa frase no es así!! ¡¡Se ha saltado texto!! —oí protestar a Boti que, sorprendentemente, estaba sentado delante de mí.

—¡Amigo Boti! ¡Qué alegría! —le dije al verlo—. ¿Has podido venir aun estando cojeras?

—Por supuesto —contestó—. Gracias a que me han ayudado, claro.

—Menos mal que Maqui se ha portado bien trayéndote —le comenté.

—¿Maqui? A mí me ha traído el recepcionista del Hotel —contestó Botticelli.

—Entonces, después de arrearle el pepinazo en el ojo sin querer, ¿Maqui no fue al hotel? —pregunté.

—Pues va a ser que no. Y no tengo ni idea de dónde puede haberse metido durante todo este tiempo —añadió Botticelli—. ¿Tú tienes alguna idea de qué puede haber estado haciendo?

Un sudor frío volvió a recorrer mi espalda. Entonces, volví la cara hacia mi tío y nuestros ojos se encontraron: sí, estaba claro, ¡clarinete! Ya sabíamos quién era el culpable.

Tum-tum, tum-tum, tum-tu m, sonaba mi corazón conforme se acercaba el momento en que iban a disparar la *ametrallaflora*. Miré a mis amigos, uno a uno, con la esperanza de que alguno hubiese podido localizar el aparato entre la gente. Pero todos me pusieron la misma cara de pollo mustio: no.

¡Qué tensión! Según mis cálculos, quedaban diez, nueve, ocho segundos... para que terminara el primer acto. Cinco, cuatro... La vida del Dux estaba en juego. No podía esperar más, así que corrí hacia el escenario, interrumpí la actuación y dejé a todos locos, diciendo a los falsos actores:

—¡Muy bien, chavales, muchas gracias por vuestra interpretación! Ha sido tan estupenda que vuestro profesor, el señor Pepperoni, acaba de comunicarme que nos va a poner un sobresaliente a todos y que, lamentablemente, tendrá que suspender al alumno Maquiavelo por no estar presente en la función.

—¡Nooo! ¡Que estoy aquííí! —gritó, de repente, una voz desgarrada desde las butacas de espectadores. Todo el mundo volvió su cara hacia el lugar de donde provenía la voz. Y sí, allí estaba Maqui. Con su máscara de perro. Había mordido el anzuelo: había descubierto su posición.

—¡A por él! —grité.

Pero, rápidamente, Maqui accionó la *ametrallaflora*, apuntando directamente al careto del Dux. Entonces, a la velocidad del rayo, Lisa y Chiara, que le tenían muy cerca, saltaron sobre él en plan placaje, consiguiendo, además, desviar el arma hacia el cielo.

Tuc, tuc, tuc, tuc, tuc, sonaron las piedras al salir por los cañones del aparato, disparadas hacia arriba. Peeero, ¡je, je, je!, al instante, y por aquello de la ley de la gravedad, ¡cayeron todas hacia abajo, estrellándose en la cocorota de Maquiavelo!

—¡Ay! ¡Uy! ¡Oy! ¡Socorroooo! —gritaba el muy sabandija.

Bien, el principal objetivo se había cumplido. Pero aún había alguien más que debía recibir su merecido: los siniestros hombres-cuervo. Me volví hacia el escenario para poder verlos. Se habían quitado sus disfraces, mejor dicho, nuestros disfraces, y habían vuelto a su capa siniestra y negruzca con la máscara blanca de pico infinito.

—¡Que no escapen! —grité, saliendo del escenario de un salto.

Y, entonces, Lisa y Chiara dirigieron la *ametrallaflora,* bueno, ahora la *ametrallapiedra,* hacia los tipejos.

—¡Tomad, pollos *chuchurríos!* —gritó Lisa, disparándoles.

—¡Os va a caer la de pulpo! —chilló Chiara, ayudando a su amiga con una expresión que daba verdadero canguelo.

Y, bueno, digamos que, en un concurso de chichones, ¡habrían ganado el premio!

Y todos los espectadores aplaudieron tan contentos, sobre todo el Dux, que se había librado de una buena ducha de piedras.

Habíamos vencido a nuestros enemigos, pero todavía quedaba una pregunta por resolver: y todo esto... ¿por qué?

Los tres hombres-cuervo alargaron a la vez su mano derecha, agarraron su máscara blanca de larguísimo pico, se la quitaron y, entonces, pudimos descubrir que...

—¡Sois niños, como nosotros! —exclamé.

—¡Pues sí, somos niños! Pero no somos como vosotros. Nosotros somos de Turquía, y solo por eso no nos dejan participar en el teatro del carnaval de Venecia. ¡Y estamos hartos de que sea así! —gritó uno de ellos, regordete—. ¡Por eso hemos decidido salir a actuar, lo quieran o no!

—Chaval, no te ofendas —contesté—, ¡pero es que los turcos sois enemigos de Venecia! Bueno, o eso dicen los mayores...

—¡Y un jamón! —dijo otro, que era un poco más alto y tenía orejas de soplillo—. Yo no soy enemigo de nadie, yo solo soy un niño que quiere hacer teatro.

—Hombreee —dijo Rafilla—, pues haberlo dicho antes, y no había hecho falta montar este lío.

—Igual sí que nos hemos *pasao* tres pueblos —añadió el tercer niño, que tenía una nariz tan picuda que parecía que aún no se había quitado la máscara—. ¡No debimos dejarnos convencer por Maqui!

¡Ajajá, Maqui! ¡Ahí quería llegar yo!

—A ver, chaval —le dije, volviéndome hacia él—, ¿tú por qué nos has hecho todo esto?

—¡Porque no soporto que hayan elegido tu obra en vez de la mía! —contestó Maqui, lleno de chichones, desde el suelo—. ¡Y todo porque incluía el inventucho ese de la *ametrallaflora!*

—Oye, melón —le preguntó Chiara—. ¿Y no te parece un poco desproporcionado intentar que, por esa tontuna, nos metan a todos en la cárcel?

Y Maqui se dio cuenta de que había metido la patilla, pero toda su respuesta fue girar la cabeza hacia otro lado, porque era incapaz de mirar otra cosa que no fuera su ombligo. Era su naturaleza.

—Yo tengo una pregunta más —dijo entonces mi tío, levantando su dedo y atusándose la barba con gesto de curiosidad—. ¿Y todo ese rollo de robar una oveja y acusarme a mi?

—Fue para eliminarte y poder actuar mejor contra Leo —explicó orgulloso Maquiavelo—. Al verte comprar la máscara de perro, y encontrar otra igual flotando en el mar, pensé que si robaba algo con ella podría culparte a ti. ¡Y funcionó!

—Ya —dije entonces—, pero ¿cuándo te dio tiempo a robar la dichosa oveja?

—¿Olvidas que llegué a Venecia antes que vosotros? Por eso pude conocer a los tres niños turcos que estaban muy enfadados por no poder actuar. Después de ofrecerles mi ayuda para vengarse, convencerles de que hicieran «algunos trabajitos» para mi fue pan comido.

—Pero cada vez que los perseguías, los niños-cuervo te arrearon de verdad, ¿no? —quiso saber Chiara.

—Si, claro, yo tenía que tener credibilidad ante vosotros...

—¡Pero le arreábamos flojito! —protestó uno de los cuervos.

—¿Y por qué tuviste que robar precisamente una oveja y no un melón? —preguntó por último Rafilla.

—Pues... —contestó Maqui—, porque algo tenía que mangar.

Y a todos nos entró la risa.

15

TORNA PRESTO A VENEZIA!

—¡Este collar para Lisa, esta capa para Leo y estas marione-
tas para todos los demás! —dijo el Dux de Venecia mientras
nos daba los obsequios, agradecido.

Qué majete era el Dux. Seguía sin entender que llevara en
la perola un gorro con forma de calcetín pero, oye, si a él le
molaba, yo no tenía nada en contra. Se rascó el bolsillo un
poco más y nos invitó a un último viaje en góndola para recorrer la laguna. Como no cabíamos todos en la misma, nos
repartimos de la siguiente forma: el tío Francesco y Katy en
una, muy romántica (por no decir cursi), que tenía los asientos de terciopelo rojo; Boti, Rafa, Miguel Ángel, Chiara y
Spaghetto en otra, muy molona, tapizada de tela vaquera a la

que habíamos atado un barril donde viajaba castigado Maqui, con la oveja.

Ya. Os estaréis preguntando que dónde íbamos Lisa y yo, ¿no? Pues en la tercera góndola. Nosotros solos. Sí. ¡Pero no por nada, porque ya sabéis que nosotros *solo* somos amigos!

El sol del atardecer se reflejaba en el pelo de Lisa mientras navegábamos lentamente por los estrechos canales de Venecia. Y, de repente...

—¡Oooh, bella de mi corazón, *porrrrón, pon, pooon!* —el gondolero, que se pone todo moñas a cantarle a mi amiga.

—Pero tío, ¿tú de qué vas? —le pregunté.

Y, cuando el tipo se quitó el pelo de la cara, resultó que era ¡¡Casanova Jr.!!

—Lisa, querida —le dijo—, te amo. Pasa del paleto de Leonardo y vente conmigo. Yo iría a cualquier lugar del mundo por ti.

—¿En serio? —le preguntó mi amiga.

—Oh, por supuesto —le contestó Casanova.

Y, entonces, Lisa se levantó de la góndola, se fue a su lado, le cogió el remo y, ¡*plaf!*, ¡¡lo echó al agua!! Y añadió:

—Ese es exactamente el lugar donde quiero que estés. ¡Ja, ja, ja!

—¡Nooo! ¡Al agua otra vez nooo! —decía Casanova, más remojado que un fideo.

Y, con Lisa de gondolera, seguimos navegando por las bellas y misteriosas aguas de Venecia, rumbo a una nueva y desafiante aventura.

Ahora te toca a ti

Sopa de letras
"pasada por agua"

¿Crees que lo sabes todo sobre la ciudad más mojada del mundo?
¡Pues a ver si encuentras en esta sopa de letras todas estas cosas típicas de Venecia!

1. Puente de los...

2. El suelo de la catedral de San Marcos está realizado con esta técnica (¡Empieza por M!)

3. Son como los coches de las calles de agua.

4. La isla en la que se fabrica el cristal más famoso del mundo.

5. Al revés, apellido del músico veneciano más famoso de todos los tiempos.

6. La forma que tiene la máscara blanca que da tanto miedo.

A	L	M	M	Ñ	F	D	Q	T	R
Z	S	O	O	G	T	L	Z	S	F
H	S	T	S	O	P	F	D	Q	R
M	U	R	A	N	O	M	T	L	P
W	S	F	I	D	L	A	V	I	V
O	P	I	C	O	M	E	I	O	X
X	I	G	O	L	Q	T	M	T	L
M	R	V	J	A	F	D	Z	S	A
C	O	W	R	R	M	T	L	V	B
H	S	Z	S	Ñ	F	D	Q	T	R

Jugando con las palabras

«Venecia» es una palabra de siete letras, ¿verdad? Pues a ver qué otras cosas podemos escribir con esas siete letras: «Avecine», «Evanecí» («evanecer» significa «agradecer»), «Cine Eva» o incluso «Vé, necia».

A esto de formar palabras con las letras de otra se llama hacer anagramas. A ver si puedes unir cada palabra con su anagrama correspondiente.

¡¡Venga, encuentra los anagramas!!

GRUTAS	ODIAR
ACTUAR	SILBAR
BRASIL	CUARTA
RADIO	RAMOS
MORSA	GUSTAR

El puzzle
de Venecia

Tanto han corrido Leo y sus amigos tras los
cuervos enmascarados que se han perdido por
las calles de Venecia. Vamos ayudarles recons-
truyendo el mapa de la ciudad con estas piezas.
Cada pieza corresponde a uno de los seis barrios
de Venecia. (Pista: Venecia tiene forma de Pez)

Instrucciones:
1. Coge un papel de calco.
2. Copia cada una de las figuras de la página
   siguiente.
3. Encaja las piezas y ¡¡tendrás el mapa de
   la ciudad!!

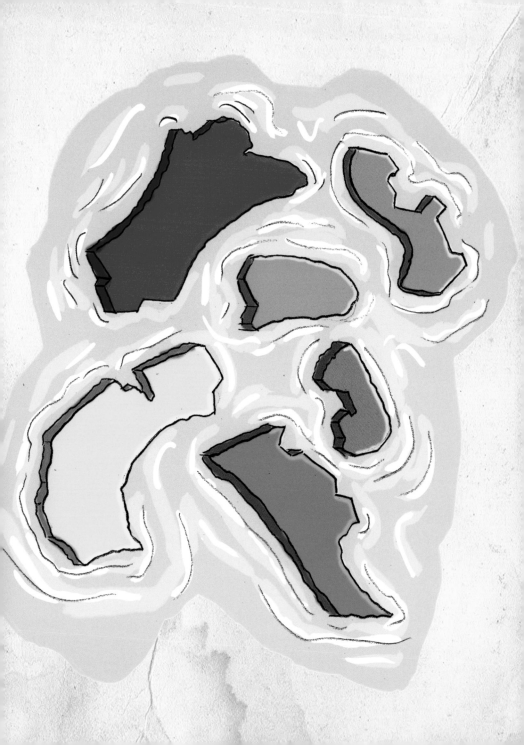

¡Alguien ha robado el reloj de la plaza de San Marcos!

Leo y Migel Ángel están investigando este gran misterio.

¿Puedes ayudarles a descubrir a los culpables?

Leo y Miguel Ángel tiene tres sospechosos:
Beppe, Paolo y Serena. Después de interrogar
a varios testigos, nuestros amigos llegan a las
siguientes conclusiones:

1. Beppe nunca actúa en solitario.
2. O bien Serena es inocente, o bien
   Paolo es culpable.
3. Beppe y Serena nunca han cometido
   juntos un delito.
4. Si Paolo es culpable, Serena es inocente.
5. Por tanto, si Paolo fuera culpable,
   ¿también lo sería Beppe?

¿Quiénes robaron el reloj de la Plaza de San
Marcos?

¡¡Hacemos teatro!!!

La obra de Leo y sus amigos ha sido un gran éxito.
Con este teatro tú también puedes hacer tus propios espectáculos.
Solo tienes que fotocopiar en grande estas ilustraciones, recortarlas y pegarlas sobre un cartón.

Después consigue la tapa de una caja de zapatos, decórala con los mismos colores y utilízala como base.

¡¡¡Ya tienes el escenario!!!

¡Y aquí tienes a los personajes!

Fotocópialos, recórtalos y...
¡¡¡a actuar!!!

¡Con ustedes, *La boda de Lisa*, la gran comedia de Leonardo da Vinci!

Boti, Chiara y Miguel Ángel son unos actores estupendos. A ver si recuerdas qué personaje ha representado cada uno.
Relaciona a cada uno con su personaje.

Chiara   Pantaleón
Boti   Arlequín
Miguel Ángel   Colombina

Si no te acuerdas, busca la respuesta en los capítulos del libro.

¡¡¡Aquí tienes una pista!!!

Arlequín

Pantaleón

Colombina

Soluciones

Sopa de letras "Pasada por agua"

A	L	M	M	Ñ	F	D	Q	T	R
Z	S	O	O	G	T	L	Z	S	F
H	S	T	S	O	P	F	D	Q	R
M	U	R	A	N	O	M	T	L	P
W	S	F	I	D	L	A	V	I	V
O	P	I	C	O	M	E	I	O	X
X	I	G	O	L	Q	T	M	T	L
M	R	V	J	A	F	D	Z	S	A
C	O	W	R	R	M	T	L	V	B
H	S	Z	S	Ñ	F	D	Q	T	R

Jugando con las palabras

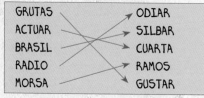

GRUTAS — ODIAR
ACTUAR — SILBAR
BRASIL — CUARTA
RADIO — RAMOS
MORSA — GUSTAR

El puzzle de Venecia

Cannaregio
Santa Croce
San Polo
Castello
San Marco
Dorsoduro

¡Alguien ha robado el reloj de la plaza de San Marcos!

¿Quiénes robaron el reloj de la Plaza de San Marcos? (solución: Beppe y Paolo)

¡Con ustedes, La boda de Lisa, la gran comedia de Leonardo da Vinci!

Chiara ——→ Colombina
Boti ——→ Pantaleón
Miguel Ángel ——→ Arlequín

¡No te pierdas
todas las aventuras
de

EL PEQUEÑO
Leo DaVinci !

Las deportivas mágicas

¡Han robado el cuadro de Lisa!

CHRISTIAN GÁLVEZ
Marina G. Torrús

EL PEQUEÑO
Leo DaVinci

Los piratas
fantasma

Ilustraciones de Paul Urkijo Alijo

Los piratas fantasma

Este libro se terminó de imprimir
en el mes de enero de 2015